華語文課程：

基礎文言文

劉承慧　　主編

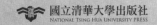

國立清華大學出版社
NATIONAL TSING HUA UNIVERSITY PRESS

目次

主題目次⋯⋯⋯⋯⋯⋯⋯⋯⋯⋯⋯⋯⋯⋯⋯⋯⋯ iii

編寫與使用說明⋯⋯⋯⋯⋯⋯⋯⋯⋯⋯⋯⋯⋯⋯ v

基礎文言語法概說⋯⋯⋯⋯⋯⋯⋯⋯⋯⋯⋯⋯⋯ ix

第一課　　濫竽充數⋯⋯⋯⋯⋯⋯⋯⋯⋯⋯⋯⋯⋯ 1

第二課　　終身之計⋯⋯⋯⋯⋯⋯⋯⋯⋯⋯⋯⋯⋯ 7

第三課　　掩耳盜鈴⋯⋯⋯⋯⋯⋯⋯⋯⋯⋯⋯⋯⋯ 13

第四課　　孟懿子問孝⋯⋯⋯⋯⋯⋯⋯⋯⋯⋯⋯⋯ 19

第五課　　克己復禮⋯⋯⋯⋯⋯⋯⋯⋯⋯⋯⋯⋯⋯ 25

第六課　　揠苗助長⋯⋯⋯⋯⋯⋯⋯⋯⋯⋯⋯⋯⋯ 31

第七課　　魯侯養鳥⋯⋯⋯⋯⋯⋯⋯⋯⋯⋯⋯⋯⋯ 37

第八課　　推己及人⋯⋯⋯⋯⋯⋯⋯⋯⋯⋯⋯⋯⋯ 43

第九課　　何謂忠臣⋯⋯⋯⋯⋯⋯⋯⋯⋯⋯⋯⋯⋯ 49

第十課　　墨子貴義⋯⋯⋯⋯⋯⋯⋯⋯⋯⋯⋯⋯⋯ 55

第十一課　刻舟求劍⋯⋯⋯⋯⋯⋯⋯⋯⋯⋯⋯⋯⋯ 63

第十二課　自相矛盾⋯⋯⋯⋯⋯⋯⋯⋯⋯⋯⋯⋯⋯ 70

第十三課　曳尾塗中⋯⋯⋯⋯⋯⋯⋯⋯⋯⋯⋯⋯⋯ 78

第十四課　弈秋誨弈⋯⋯⋯⋯⋯⋯⋯⋯⋯⋯⋯⋯⋯ 85

第十五課　陳太丘與友期行⋯⋯⋯⋯⋯⋯⋯⋯⋯⋯ 91

第十六課　《山海經》神話⋯⋯⋯⋯⋯⋯⋯⋯⋯⋯ 98

第十七課　蘭雪茶⋯⋯⋯⋯⋯⋯⋯⋯⋯⋯⋯⋯⋯⋯ 106

第十八課　蟹會⋯⋯⋯⋯⋯⋯⋯⋯⋯⋯⋯⋯⋯⋯⋯ 112

第十九課　蘭亭集序⋯⋯⋯⋯⋯⋯⋯⋯⋯⋯⋯⋯⋯ 119

第二十課　荀巨伯遠看友人疾⋯⋯⋯⋯⋯⋯⋯⋯⋯ 124

第二十一課 莊子送葬⋯⋯⋯⋯⋯⋯⋯⋯⋯⋯⋯⋯⋯ 129

第二十二課 大義滅親⋯⋯⋯⋯⋯⋯⋯⋯⋯⋯⋯⋯⋯ 135

第二十三課 鉏麑觸槐⋯⋯⋯⋯⋯⋯⋯⋯⋯⋯⋯⋯⋯ 141

第二十四課　晏子之御感妻言‥‥‥‥‥‥‥‥‥‥‥‥‥‥‥‥‥‥148

第二十五課　阮氏捉裾‥‥‥‥‥‥‥‥‥‥‥‥‥‥‥‥‥‥‥‥‥153

第二十六課　舉賢而不用‥‥‥‥‥‥‥‥‥‥‥‥‥‥‥‥‥‥‥159

第二十七課　握髮吐哺‥‥‥‥‥‥‥‥‥‥‥‥‥‥‥‥‥‥‥‥167

第二十八課　曾子受杖‥‥‥‥‥‥‥‥‥‥‥‥‥‥‥‥‥‥‥‥175

第二十九課　漁父‥‥‥‥‥‥‥‥‥‥‥‥‥‥‥‥‥‥‥‥‥‥183

第三十課　　智‥‥‥‥‥‥‥‥‥‥‥‥‥‥‥‥‥‥‥‥‥‥‥191

第三十一課　禮論‥‥‥‥‥‥‥‥‥‥‥‥‥‥‥‥‥‥‥‥‥‥199

第三十二課　孔門弟子言志‥‥‥‥‥‥‥‥‥‥‥‥‥‥‥‥‥‥207

主題目次

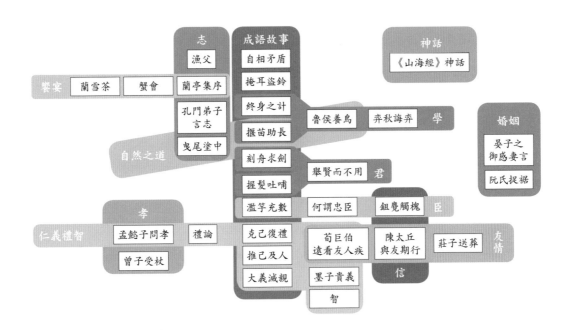

頁碼對照表

課文	頁碼	課文	頁碼
大義滅親	135	終身之計	7
《山海經》神話	98	莊子送葬	129
孔門弟子言志	207	陳太丘與友期行	91
曳尾塗中	78	揠苗助長	31
自相矛盾	70	握髮吐哺	167
何謂忠臣	49	智	191
克己復禮	25	曾子受杖	175
阮氏捉裾	153	鉏麑觸槐	141
刻舟求劍	63	漁父	183
孟懿子問孝	19	墨子貴義	55
弈秋誨弈	85	魯侯養鳥	37
晏子之御感妻言	148	濫竽充數	1
禮論	199	舉賢而不用	159
荀巨伯遠看友人疾	124	蟹會	112
推己及人	43	蘭亭集序	119
掩耳盜鈴	13	蘭雪茶	106

編寫與使用說明

劉承慧

一、編寫說明

　　本書是專門為文言入門學習者編寫的語言與文化教材，由國立清華大學中國文學系多位師生合力完成。本書教學目標是讓學習者（一）熟悉文言常見的詞組和句式，（二）初步體察不同歷史時期的文言文樣貌，（三）透過選文的主題探索古代中國文化。

　　全書共計三十二課，每一課都包含課文、課前預習、詞語表、語法點、課後測驗、文化引導六個單元；其中十二課添加前情提要，以利讀者理解課文。

　　本書依據學習便利性提供兩種目次。第一種目次是按照課文的語言難易度編排；第二種目次由圖示概括主題。這是考慮到學習者的主題偏好和學習經驗都不盡相同，因此編排出難易度以及主題兩種目次，以利教師或自學者訂定適合需求的講授或學習順序。

　　詞語表除了提供簡要的解釋外，還有一個重要的功用，就是顯示文言和現代詞語的淵源。詞語表列舉實詞，兼及副詞與代詞等，不註明詞類。介詞、連詞、助詞等功能詞列入語法點。

　　語法點針對每一種詞組形式列舉出格式相同的例句，讓學習者自行歸納進而掌握各種語法格式意義。語法格式中使用的英文字母代號，A 專指「題旨」，B 專指「表述」。X 和 Y 通指語法成分。語法點的說明文字力求簡易，較完整的講解都放在專為本書撰寫的基礎文言語法概說。

　　文言語法概說分為「句子內部的語義關係」和「小句之間的連貫關係」兩節解說與課文相關的文言語法現象。雖受課文限制，未能涵蓋所有重要的文言語法內容，但就入門學習而言應已足夠，日後亦可以此為基礎，更深入研究文言語法乃至漢語歷史語法。

　　語法概說提出的講解盡可能採取通用說法，若是通用說法不只一種或術語較為冷僻，則改採直觀的說法，同時加註標明。

本書中文言原典的文字與標點，主要按照中央研究院古漢語語料庫、中國哲學書電子化計劃資料庫、CBETA 資料庫。若是依據其他現代標點本，均於腳註標明。詞語表列出的詞語解釋，只限與課文內容相關的解釋，主要依據《教育部國語辭典》、《漢語大辭典》。

以下是本書三十二課初稿的編寫者：

王允煥：〈刻舟求劍〉、〈推己及人〉

何靖萱：〈終身之計〉（合編）、〈揠苗助長〉（合編）、〈墨子貴義〉、〈大義滅親〉、〈阮氏捉裾〉、〈荀巨伯遠看友人疾〉、〈蘭雪茶〉

宋慈鴻：〈舉賢而不用〉、〈陳太丘與友期行〉、〈握髮吐哺〉

卓似柔：〈濫竽充數〉（合編）

林廷真：〈孔門弟子言志〉、〈曾子受杖〉、〈禮論〉、〈智〉（合編）

施筠宣：〈濫竽充數〉（合編）、〈曳尾塗中〉、〈鉏麑觸槐〉

胡昭儀：〈自相矛盾〉、〈孟懿子問孝〉、〈何謂忠臣〉

孫璿雅：〈弈秋誨弈〉、〈魯侯養鳥〉

鄭曉蓉：〈終身之計〉（合編）、〈掩耳盜鈴〉、〈揠苗助長〉（合編）、〈克己復禮〉、〈《山海經》神話〉、〈漁父〉、〈蟹會〉

羅雨瑄：〈晏子之御感妻言〉、〈莊子送葬〉、〈蘭亭集序〉、〈智〉（合編）

這些成員都是具備二語文言文教學經驗的碩士生及大學部高年級學生。我們邀請學生參與本書的編寫工作，是藉助年輕人的視角，設想跨文化的文言文教學內容。文言語法概說由我撰寫。為了確保品質，我們邀請中文所博士班吳克毅及碩士班李泓進行文稿校訂。

本書的推手是中文系李貞慧主任。她和中文系許銘全老師都針對書中的缺失提出寶貴的意見，經過吳克毅和李泓仔細校對後，訂正不少錯誤。中文所碩士生胡昭儀、林廷真先後擔任編寫團隊的聯絡人，由林廷真負責最後階段的稿件整理，校對工作由李泓、林廷真、胡昭儀完成。

二、使用建議

本書提供兩種目次，分別呈現「語言難易度」和「文化主題關聯性」，讀

者可以按照語言難易度順序研讀，或是根據主題關聯性，在同一個主題下按照語言難易度順序研讀。

　　詞語表除了提供文言詞語的解釋，另附有現代對應詞語。建議讀者透過對照熟悉文言文和語體文詞彙的關聯性。

　　每一課語法點提供相同語法格式的例句，建議讀者嘗試透過語法格式，歸納文言句子的組成方式，以便提高學習效果。每一課的語法點數量有限，課文中的語法格式如果沒有列入語法點，就請參閱文言語法概說。語法概說以箭形框標示各個語法點的位置，請多加利用。

　　文化引導使用正式的語體文撰寫，以便讀者在學習古代文化的同時，也學到如何以語體文表達文化意涵。

基礎文言語法概說

一、前言

　　本書從兩方面引導讀者認識文言文：一方面透過古今詞語的對照，讓文言文和語體文的學習接軌；再一方面透過語法點，揭示文言常見的組合形式，列舉出相同形式的用例，使學習者知曉如何拆解文言的句子乃至篇章。

　　每一課語法點的選擇取決於教學設計，不避忌重複，以便讀者能按照個人對特定主題的喜好調整學習順序。語法點提供組合形式框架，讓學習者從拆解用例領會組合意義。本概說總述課文出現的語法組合形式，幫助讀者總覽文言語法的概貌，以收取提綱挈領之效。

　　學習文言文最理想的入門途徑是精讀每一課的課文。本概說不但是從課文舉例，語法的講解也是以增進讀者對課文意義的理解為主要考慮。必要時加上註腳以提供進一步學習文言語法的資訊。另以箭號方塊標示重點。

　　本書為文言文基礎教材，課文中使用的語法形式相對有限。因此本概說沒有沿用通行的語法分類，而是簡化為「句子內部的語義關係」與「小句之間的連接關係」，扼要提出解說。

二、句子內部的語義關係

　　句子內部的語義關係，最需要留意的是主語和謂語的搭配關係，其次是語法成分的功能，第三是發言立場與態度的表達。

（一）主謂關係

　　主語指稱句子的話題或主旨（以下稱為「題旨」），謂語針對句子的題旨進行表述，包括敘述行動、描寫存在的樣貌、說明事理、給予評議。

敘述、描寫、說明、評議是〔題旨－表述〕的四種語義類型。

1. 題旨和表述的組合形式

〔題旨－表述〕

我們以〔題旨－表述〕概括主謂關係。題旨是句子的言說對象，表述則是就言說對象給出的說法。例如：

（1）一年之計，莫如樹穀。（〈終身之計〉）

這句話由題旨「一年之計」和表述「莫如樹穀」組成，意思是「一年的計畫，沒什麼比得上種穀」。「莫」是文言特有的否定詞，相當於「沒有誰、沒有什麼東西或事情」。

題旨大多是名詞或名詞性成分，但不限於此。文言常用「者」或「也」標示題旨。例如：

（2）食品不加鹽醋而五味全者，為蚶、為河蟹。（〈蟹會〉）
（3）范氏之亡也，百姓有得鍾者，欲負而走……。（〈掩耳盜鈴〉）

例（2）由「者」標明題旨，「者」同時具有指代功能，「食品不加鹽醋而五味全者」指不加鹽醋就有豐富滋味的食品。例（3）中的「范氏之亡也」指晉國范氏滅亡，由結構助詞「之」將「范氏亡」轉化為相當於名詞的指稱成分，由「也」標明它是題旨。

〔題旨－表述〕
兩層套疊

值得注意的是〔題旨－表述〕容許在同一句中套疊，「范氏之亡也，百姓有得鍾者……」是兩層〔題旨－表述〕套疊，上層是「范氏之亡也」，為故事設定背景，下一層是「百姓有得鍾者」，引介故事人物，如圖解所示：

例（9）也是兩層套疊：「一樹一穫者，穀也」為上層的［題旨－表述］，「一樹一穫」又以「一樹」搭配「一穫」，形成下層的［題旨－表述］。

以［有 X 者］為題旨引介人物是很常見的。「百姓有得鍾者」意為有個得到大鐘的平民。例（4）也是以同一組合形式引介人物，「楚人有涉江者」意指有個過江的楚人：

（4）楚人有涉江者，其劍自舟中墜於水……。（〈刻舟求劍〉）

這種題旨經常搭配不只一個表述，例（3）和（4）用刪節號「……」把接下來的表述都省略了，以利精簡。

由「者」標示的題旨經常搭配多個表述而組成長句子。由「也」標示的題旨也是如此。例如：

（5）是日也，天朗氣清，惠風和暢，仰觀宇宙之大，俯察品類之盛，所以游目騁懷，足以極視聽之娛，信可樂也。（〈蘭亭集序〉）

整個長句子以「是日也」為題旨，搭配多個表述，其中「天朗氣清，惠風和暢」形容天氣之清朗溫和，「仰觀宇宙之大，俯察品類之盛」形容空間之廣闊與周遭物種之繁多，「所以游目騁懷，足以極視聽之娛，信可樂也」意思是打開眼目和心胸，周遭環境足以讓人恣意地享受感官精神的愉悅，真是讓人感到快樂。這些表述都搭配題旨「是日也」，就是蘭亭修禊事的日子。

以單一題旨搭配多個表述的組合形式，在文言文很常見。有些句子是以多個成分組成題旨，搭配簡單的表述：[1]

（6）令之俯則俯，令之仰則仰，是似景也。處則靜，呼則應，是似響也。（〈何謂忠臣〉）

---

[1] 這種形式的句子常見於大篇幅的文言作品。本書是基礎教材，課文篇幅短小，並不多見。

其中「令之俯則俯，令之仰則仰」充當題旨，搭配單一表述「是似景也」；「處則靜，呼則應」充當題旨，搭配單一表述「是似響也」。組成方式如圖解所示：

令之俯則俯，令之仰則仰，是似景也

├─────────題旨─────────┤ ├─表述─┤

表述成分開頭的「是」為代詞，相當於「這」，用於複指題旨。

2. 題旨和表述搭配的功能類型

［題旨－表述］
四種類型

題旨和表述基於不同的語義搭配，形成不同的功能類型，即敘述、描寫、說明、評議：

（7）莊子釣於濮水。（〈曳尾塗中〉）

（8）此地有崇山峻嶺，茂林修竹。（〈蘭亭集序〉）

（9）一樹一穫者，穀也。（〈終身之計〉）

（10）此以己養養鳥也，非以鳥養養鳥也。（〈魯侯養鳥〉）

例（7）敘述事件的發生，由「莊子」和「釣於濮水」組成，普通動詞「釣」表示莊子的行為活動。例（8）描寫空間中的物象，由「此地」和「有崇山峻嶺，茂林修竹」組成，「有」表示空間中存有。例（9）意為「播種一次收穫一次的東西是穀物」，表述「穀也」說明題旨「一樹一穫者」。例（10）中的題旨「此」指魯侯養鳥方式，「以己養養鳥也，非以鳥養養鳥也」提出評議，批評魯侯是用自己的方式而非適合鳥類的方式養鳥。

行為者省略

敘述類型的組合中，最典型的題旨是行為者。行為者承接上文而省略的情況很常見。例如：

（11）宣子驟諫，公患之，使鉏麑賊之。晨往，寢門闢矣，盛服將朝。尚早，坐而假寐。（〈鉏麑觸槐〉）

底線標示的兩個表述成分，行為者都因承接上文而省略；「晨往」搭配的行為者是去行刺趙宣子的鉏麑，「坐而假寐」搭配的行為者是趙宣子。

值得附帶提出的是「寢門闢矣」和「盛服將朝」分別以「寢門」和「盛服」為題旨，然而是誰的寢門？衣著整齊準備上朝的是誰？我們必須從上下文才能夠推知是趙宣子。趙宣子是更高一層的題旨。

說明類型的組合經常套用〔A 者，B 也〕，如例（9）就是。再如：

（12）桓郎者，桓範也。（〈阮氏捉裾〉）
（13）日鑄者，越王鑄劍地也。（〈蘭雪茶〉）
（14）以為無益而舍之者，不耘苗者也；助之長者，揠苗者也。（〈揠苗助長〉）

例（12）中「桓郎」和「桓範」都是名詞，套入〔A 者，B 也〕，組成說明類型的句子。例（13）也是。例（14）情況較為複雜。「者」相當於「……的人」，「以為無益而舍之者，不耘苗者也」意思是認為沒有幫助而捨棄幼苗的人，是不耕耘的人；[2]「助之長者，揠苗者也」意即拉拔幼苗長大的人，是拔苗的人。[3] 兩句話都是套用〔A 者，B 也〕。

儘管〔A 者，B 也〕是常見組合，但非一成不變。如例（2）單用「者」註記題旨，表述沒有用「也」。[4]

評議類型的組合使用表態成分。如例（10）中的「此以己養養鳥也，非以鳥養養鳥也」用「以己養」和「以鳥養」正反對比，指認魯侯養鳥方式不恰當，有批評的態度，屬於評議句。

把敘述句按照時間順序鋪排，就成為故事，如〈濫竽充數〉。說明句用於講解道理，如〈終身之計〉利用說明句並列對比一年、十年、終身的計畫。評議句表明發言的立場與態度，如〈大義滅親〉最後的「石碏，純

---

2 所謂「耕耘」，指的是拔除苗間雜草，好讓幼苗吸取更多的養分。
3 字面上「助苗長」是幫助幼苗長大，但如何幫助？從上下文可知這裡的幫助是把幼苗拔高，就好像它自己長高，正是「愛之適足以害之」，反而是幫倒忙。
4 值得注意的是，「文言文」總稱中國古代文獻使用的語言，但不同歷史階段的文言文，或不同文體的文言文，多少都有差異，學習的時候請多注意課文的年代和文體。

說明的格套

句子和篇章

基礎文言語法概說

xiii

臣也。惡州吁而厚與焉。『大義滅親』，其是之謂乎！」是評議句；石碏要除掉惡人州吁，因為自己的兒子石厚與州吁交好，所以也連帶劃除，史官讚揚他是「純臣」，意思是人臣的極致。描寫大多是對空間事物或現象的形容，如例（5）中的「天朗氣清，惠風和暢」就是對天氣的描寫。

　　有些篇章以單一類型的句子為主，如〈濫竽充數〉、〈終身之計〉，有些兼用不同類型的句子，如〈大義滅親〉用敘述句和評議句，敘述句鋪排故事，評議句針對故事發表意見。例（5）兼具描寫和評議：有關天氣以及空間、物種的部分是描寫，其後「所以游目騁懷，足以極視聽之娛，信可樂也」傳達發言者對時空景象的感懷，屬於評議。

（二）結構助詞、介詞

　　結構助詞和介詞都具有註明句內成分組成關係的功能。

1. 結構助詞：之、所

　　前面提到「也」和「者」都可用於註記題旨，如例（2）到（5）所示。這種成分通常被歸入「結構助詞」。例（3）中的「范氏之亡也」除了使用「也」註記題旨，還用結構助詞「之」把原本屬於主謂關係的「范氏亡」轉化為功能相當於名詞的「范氏之亡」。

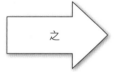

　　不僅如此，結構助詞「之」也可以把表述性的成分轉為指稱成分，以便作為名詞修飾語。例如：

　　（15）夫不可陷之楯與無不陷之矛，不可同世而立。（〈自相矛盾〉）

其中「不可陷之楯」的「不可陷」及「無不陷之矛」的「無不陷」都是利用結構助詞「之」標明它們是「楯」和「矛」的修飾語。「不可陷之楯」意思是不可能刺穿的盾，「無不陷之矛」為「無」、「不」雙重否定，意思是能刺穿一切的矛。

　　此外結構助詞「之」還用於註記名詞之間的領屬關係，例如：

（16）我文王之子，武王之弟，成王之叔父，我於天下亦不賤矣。（〈握
　　髮吐哺〉）

其中的「之」相當於現代結構助詞「的」，「文王之子，武王之弟，成王
之叔父」意思是文王的兒子，武王的弟弟，成王的叔叔。
　　文言另一個常見的結構助詞「所」，位在動詞或介詞的前面。例如：

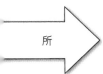

（17）巨伯曰：「遠來相視，子令吾去；敗義以求生，豈苟巨伯所行
　　邪？」（〈苟巨伯遠看友人疾〉）
（18）楚人有涉江者，其劍自舟中墜於水，遽契其舟曰：「是吾劍之
　　所從墜。」（〈刻舟求劍〉）

例（17）中「豈苟巨伯所行邪」的「所行」意即「所行之事」，結構助詞「所」
指行事的內容。例（18）中「是吾劍之所從墜」相當於「這個地方是我的
劍落水之處」，「是」是代詞，指代楚人在船上刻記號的地方，「所從墜」
是由介詞組「所從」和動詞「墜」組成，「所」指代位置。楚人誤以為船
上刻記號的地方就等於佩劍落水的位置。

2. 介詞：以、於、乎

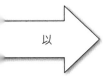

　　介詞把名詞引介給動詞，表示名詞和動詞之間的語義關係。文言中最
常見的兩個介詞是「以」和「於」。先看「以」之例：

（19）或曰：「以子之矛陷子之楯，何如？」（〈自相矛盾〉）
（20）巨伯曰：「友人有疾，不忍委之，寧以我身代友人命。」（〈苟
　　巨伯遠看友人疾〉）
（21）莊子釣於濮水，楚王使大夫二人往先焉，曰：「願以境內累矣！」
　　（〈曳尾塗中〉）

前兩例中的「以」相當於「用」。「以子之矛陷子之楯」、「以我身代友

人命」都由介詞「以」表示手段，是為了達成特定目的。後一例中「以境內累矣」的「累」相當於「帶累」或「連累」，「境內」指「境內事務」，「以」表示原因，「以境內累」字面上意思是「因為楚國境內事務連累你」，引申的意思是「把國事託付給你」，就是請你做官。

相當於「用」的介詞「以」容許出現在動詞後面。例如：

(22) 子曰：「生，事之以禮；死，葬之以禮，祭之以禮。」(〈孟懿子問孝〉)

此例是孔子對「孝」的解釋，意思是父母在世的時候，用禮的規範來侍奉；離開人世以後，用禮的規範來安葬、祭祀他們。

其次看介詞「於」。「於」最常見的功能是引介事件發生的處所。如例 (21) 開頭「莊子釣於濮水」中的「於」引介處所，相當於「在」。此外「於」跟不同的動詞搭配，行使不同的引介功能。例如：

(23) 樊遲御，子告之曰：「孟孫問孝於我，我對曰『無違』。」(〈孟懿子問孝〉)

(24) 聖人不凝滯於物，而能與世推移。(〈漁父〉)

例 (23) 中的「孟孫問孝於我」意思是孟孫 (孟懿子) 向我問孝，「於」用來引介對象。例 (24) 中的「聖人不凝滯於物」意為聖人不被外物羈絆而停滯，「於」用來引介原因，這種「於」經常被理解為「被動」。

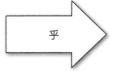

有些文獻用「乎」表示處所，相當於介詞「於」。例如：

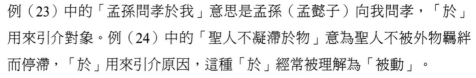

(25) 對曰：「異乎三子者之撰。」子曰：「何傷乎？亦各言其志也。」曰：「莫春者，春服既成。冠者五六人，童子六七人，浴乎沂，風乎舞雩，詠而歸。」(〈孔門弟子言志〉)

首先「浴乎沂，風乎舞雩」意思是在沂水洗浴，在舞雩台上吹風，其中「乎」

就像「於」引介處所。其次「異乎三子者之撰」相當於「異於三子者之撰」，也就是和他們三位述說的不同，「乎」引介比較的對象。

此例中還有「何傷乎」，句末「乎」屬於接著要討論的表態成分。

（三）表態成分及其他

上面提到的四種句式，評議句最富於變化，單看本書課文使用的評議句即可略窺一二。評議句的特徵是以「表態成分」表明發言的態度和立場。文言的表態組合形式不計其數，以下舉例盡量限制在課文範圍內，必要時加以補充。

1. 語氣副詞

其、敢

有些副詞表示說話的態度。例如：

（26）厚從州吁如陳。石碏使告于陳曰：「衛國褊小，老夫耄矣，無能為也。此二人者，實弒寡君，敢即圖之。」（〈大義滅親〉）

（27）君子曰：「石碏，純臣也。惡州吁而厚與焉。『大義滅親』，其是之謂乎！」（〈大義滅親〉）

兩例都出自〈大義滅親〉。石碏趁著兒子石厚陪同州吁前往陳國，派人知會陳國說，兩人犯下弒君大罪，自己老了，無力作為，希望陳國就此協助圖謀，意思是請陳國藉此機會對兩個人採取制裁行動。例（26）中「敢即圖之」的「敢」表示謙虛，又稱為「謙敬副詞」。[5] 例（27）中「其是之謂乎」的「其」表示不很確定的口氣，相當於「大概」。

2. 句末「乎」、「哉」

乎、哉

文言句末語氣詞內容很抽象，不可能用三言兩語來簡單地解釋。可行的辦法是把功能相近的句末語氣詞拿來作比較，由具體例證對照出彼此的差異。下面先看「乎」與「哉」：

---

5 不同時期的文言文使用不同的謙敬形式，宜細加分辨。

（28）有語我以忠臣者，令之俯則俯，令之仰則仰，處則靜，呼則應，可謂忠臣乎？（〈何謂忠臣〉）

（29）友人便怒曰：「非人哉！與人期行，相委而去。」（〈陳太丘與友期行〉）

（30）為仁由己，而由人乎哉？（〈克己復禮〉）

例（28）中的「可謂忠臣乎」以句末「乎」表示詢問。例（29）中的「非人哉」由「哉」註記發怒的語氣，出自情緒反應。通行的語法著作大都以「感嘆」解說句末「哉」的語氣，然而更確切地說，是註記發言者在交際過程中被觸動的情緒反應。例（30）由兩種句末成分連用組成「乎哉」，「乎」表示疑問，「哉」則表示對「為仁由己不由人」的感懷，揭露發言者的情緒反應。[6]

句末「乎」除了表示詢問外，還表示委婉語氣。例（25）中「何傷乎」的「何傷」以反問形式表示強調，意思相當於「無傷」，句末「乎」的委婉讓強調語氣顯得緩和。例（27）中的「其是之謂乎」相當於「大概是這樣吧」，句末「乎」和語氣副詞「其」搭配，表示委婉主張的態度。

3. 句末「也」、「矣」

也

接著比較直陳句末語氣詞「也」、「矣」的功能。先看「也」：

（31）挾太山以超北海，語人曰「我不能」，是誠不能也。（〈推己及人〉）

（32）何故？則食者眾而耕者寡也。（〈墨子貴義〉）

6　句末「哉」只註記情緒反應，具體的情緒內容必須結合命題內容乃至語境條件才得知悉。試看先秦最具代表性的口語文獻《論語》中一則記載：

子路曰：「衛君待子而為政，子將奚先？」子曰：「必也正名乎！」子路曰：「有是哉，子之迂也！奚其正？」子曰：「野哉由也！……。」（《論語‧子路》）

子路以「有是哉」對孔子提出執政以正名為優先的說法表示驚訝和疑惑，孔子用「野哉」批評他不知道正名的意義。兩例所傳達的情緒內容迥然不同，但同樣都是在言語交際的過程中被觸動而發生的。

例（31）中「是誠不能也」的「是」為代詞，指代上文所說的不能挾著太山跨過北海，最後的「也」指認發言者同意是真的不能。例（32）中「則食者眾而耕者寡也」指認緣故，是因為吃飯的人多，耕作的人少。文言句末「也」的指認功能很接近現代的繫詞「是」。[7]

此外關於句末「也」還有兩點需要補充。請看：

（33）公曰：「行也！」（《左傳‧定公四年》）[8]

（34）為人主而惡聞其過，非猶此也？（〈掩耳盜鈴〉）[9]

例（33）的背景是衛靈公指派太祝子魚去出席諸侯的集會，子魚不肯去，但衛靈公說「行也」，堅持子魚前去。句末「也」指認衛靈公要求子魚前往與會的態度，上位者對下位者指認態度，其實無異於命令，然而並不是直接下令，口氣顯得較溫和。

例（34）中「非猶此也」的「非」是否定形式的表述成分，它否定的對象是後面的指認成分「猶此也」，如圖解所示：

非　猶此也？
└┘　└───┘

因為表示反問，所以用問號，並不表示「也」註記疑問語氣。[10]「非猶此也？」是用反問來表示強調，跟現代的「難道不是這樣」很接近，真正的意思在強調「就是這樣」。

第八課語法點列舉的〔非 B ＋也〕是常見的語法格式，如「是不為也，

7　例如「孔子是魯國人」、「現在是五點鐘」中的「是」都是繫詞。

8　此例並非出自本書的課文。凡是沒有出現在課文的舉例，就把書名也標註出來。

9　此處按照中央研究院古漢語語料庫的文本解說。但陳奇猷引用的資料顯示，「非猶此也」的「非」字在某些版本中寫作「亦」，因此也不排除「非」只是形近錯字的可能性。見（戰國）呂不韋著，陳奇猷校注，《呂氏春秋新校釋》（上海：上海古籍出版社，2002），頁1617。

10　此例用「也」，可與例（48）到（50）互相比較。後者表示反問的同時兼有探詢語氣，是因為使用句末「與／邪」的緣故。此例中的「也」並不是指認全句的語氣，而是指認小句「猶此」的語氣，「非」以整個小句「猶此也」為否定的對象。

非不能也」、「故王之不王，非挾太山以超北海之類也」所示，屬於直陳句。直陳句和反問句意義不同，有必要仔細分辨。

句末「矣」多表示「已然」、「論斷」、「評價」。請看：

(35) 晨往，寢門闢矣，盛服將朝。（〈鉏麑觸槐〉）

(36) 范氏之亡也，百姓有得鍾者，欲負而走，則鍾大不可負，以椎毀之，鍾況然有音，恐人聞之而奪己也，遽揜其耳。惡人聞之可也，惡己自聞之悖矣。（〈掩耳盜鈴〉）

(37) 今有人於此，有子十人，一人耕而九人處，則耕者不可以不益急矣。何故？則食者眾而耕者寡也。（〈墨子貴義〉）

(38) 我文王之子，武王之弟，成王之叔父，我於天下亦不賤矣。（〈握髮吐哺〉）

首先，例（35）中的「寢門闢矣」用「矣」表示「已然」。這種「矣」經常和時間副詞「已」同現，如例（46）和（47）中的「舟已行矣」、「時已徙矣」都是如此，然而不具強制性。單用「矣」就足可表示已然。

其次，例（36）最後「惡人聞之可也，惡己自聞之悖矣」是「也」、「矣」並行。「惡人聞之可也」由題旨「惡人聞之」搭配表述「可也」組成，「可也」指認發言者對「惡人聞之」（不情願別人聽見鍾聲）的肯定。「惡己自聞之悖矣」則是由題旨「惡己自聞之」搭配表述「悖矣」，「悖矣」論斷「惡己自聞之」（不情願自己聽見鍾聲，趕緊把耳朵摀住）違反現實。

表示論斷的「矣」有時與表示推論的「則」同現，如例（37）中的「則耕者不可以不益急矣」所示，可以跟下文的「則食者眾而耕者寡也」互相對照。前者表明「則」的推論出自發言者對事理的論斷，後者表明推論出自發言者所認定的真實狀況。儘管前者的論斷有可能是基於對真實狀況的理解，但是用「矣」而不用「也」，就顯示發言態度上的區別。[11]

---

11 句末語氣詞所表示的語氣內容，大致上是越接近口語，就越富於變化，從現代口語句末語氣詞意涵的微妙複雜可以得到印證。不同歷史階段的文言文與口語的距離不同，句末語氣詞功能也有差異。先秦文獻語言和同時期口語的距離相當於現代語體文和口語。現代口語記錄中句末語氣詞功能富於變化，先秦歷史文獻所載錄的人物發言也是如此。後世模仿先秦文獻語言的文言文失去口語的支撐，句末語氣詞隨著文體分化而形成不同的

表示論斷的「矣」往往也有「將來」之意：

（39）盧蒲姜謂癸曰：「有事而不告我，必不捷矣。」（《左傳・襄
公二十八年》）

（40）慶嗣聞之，曰：「禍將作矣。」（《左傳・襄公二十八年》）

例（39）中「必不捷矣」的「矣」與「必」同現，表示必然性的論斷，論斷出自對事態將來發展的預測。例（40）中「禍將作矣」的「矣」與「將」同現，也是表明對將來的預測。

最後，句末「矣」也用來表示評價。例（38）中「我於天下亦不賤矣」的「不賤」即涉及貴賤尊卑的評價。

祈使句可由「也」或「矣」收尾。例（33）中的「行也」是上位者對下位者指認自己的立場，相當於下命令，是從語境引申出來的。若按照先秦文獻語言的使用情況，「『也』字祈使句」已成口氣緩和的命令句。再看祈使「矣」字句：

（41）莊子曰：「往矣！吾將曳尾於塗中。」（〈曳尾塗中〉）

莊子對楚王的使者說「往矣」，相當於「我說你們走吧」，包含兩層意思，一層是表示莊子提出論斷的語氣，另一層是驅趕兩位使者離開的語氣。這兩位使者奉命邀請莊子出來做官而莊子對他們說「往」，省略第二人稱代詞的形式本身已經是祈使句，用「矣」又多出一層論斷語氣。

祈使的格套

與此類似的情況如例（21）楚王使者對莊子說「願以境內累矣」，請求之意是出自動詞「願」，而非出自「矣」。下例亦然：

（42）顏淵曰：「回雖不敏，請事斯語矣。」（〈克己復禮〉）

使用慣例，複雜度不及先秦文言。學習辨認先秦句末語氣詞的功能，對學習文言文有實質助益。

顏淵以「請事斯語矣」表明自己實踐「斯語」的意願，也就是孔子說的「非禮勿視，非禮勿聽，非禮勿言，非禮勿動」；祈使之意出自「請」，句末「矣」則容許兩解，可解為論斷，或解為將來，兩者具有相容性。

我們建議把〔願／請 X 矣〕當作表示發言者意願的固定組合。不過這裡需要提醒，字面上排列相同，組成未必相同。例如《左傳‧昭公四年》「宣伯曰：『魯以先子之故，將存吾宗，必召女。召女，何如？』對曰：『願之久矣』」，「願之久矣」字面上與〔願 X 矣〕相同，卻是「願之」和「久矣」組成的主謂式。[12]

以上的舉證與分析顯示，句末語氣詞「也」、「矣」、「乎」、「哉」收尾的句子往往隨著語境而有不同的語氣內容，很容易讓人誤以為它們的功能重疊，以致到最後分不出差異。

句末語氣詞都有規約的功能，如下所示：

也、矣、乎、哉
功能彙整

也　指認、緩和的命令
矣　已然、論斷、評價
乎　疑問、委婉主張
哉　各種被觸動的情緒反應

句末語氣詞表示的語義內容很抽象，先掌握它們的規約功能，進而辨析帶有句末語氣詞的句子如何在語境中引申，可望更精確地掌握篇章的意義。

4. 句末「焉」

焉

句末「焉」雖然常被歸類為句末語氣詞，但其實有很強的指代性，通常是指上下文涉及的人、地、事物等。[13] 例如：

（43）對曰：「非曰能之，願學焉。宗廟之事，如會同，端章甫，願
　　　為小相焉。」（〈孔門弟子言志〉）

---

12 閱讀文言文，需要注意分辨語法成分的組成方式：哪些屬於固定格套，哪些只是字面上
　　與某種格套相同，其實是其他方式組成的。
13 古漢語語法學者大多認為先秦文獻中的「焉」多少都有指代作用。大約漢代以後才演變
　　出純粹表示語氣的功能。

（44）莊子釣於濮水，楚王使大夫二人往先焉，曰：「願以境內累矣！」
（〈曳尾塗中〉）

（45）一日克己復禮，天下歸仁焉。（〈克己復禮〉）

例（43）中「願學焉」、「願為小相焉」的「焉」相當於「在那上面」，都指上下文談論的「宗廟之事」。例（44）中的「焉」指莊子釣魚的濮水。例（45）屬於條件論斷句，條件項「一日克己復禮」意思是「短暫地（哪怕只是一天的時間）節制自我而回復『禮』的行為舉止」，論斷項「天下歸仁焉」意思是天下把這種情況歸類為「仁」，「焉」指代條件項所說「一日克己復禮」。[14] 例（30）中「惡州吁而厚與焉」的「厚」是「石厚」，「與」意思是「跟某人在一起」，「焉」指代那個某人，也就是前面提到的「州吁」。

5. 組合式

以反問為強調

組合形式的表態成分在文言中很常見，例如組合形式的反問：

（46）舟已行矣，而劍不行，求劍若此，不亦惑乎？（〈刻舟求劍〉）
（47）時已徙矣，而法不徙，以此為治，豈不難哉？（〈刻舟求劍〉）

兩例意思是平行的，都表示外在條件已經改變，卻不知變通，讓人感到疑惑、為難。「不亦惑乎」和「豈不難哉」字面上用否定詞「不」，真正表明的卻是相反的肯定態度。前者強調讓人感到疑惑，後者強調有困難。

兩種反問形式所使用的句末語氣詞不同，前者用「乎」，後者用「哉」。儘管都是「以反問為強調」，發言語調隨著句末語氣詞而有微妙的差異。「不亦惑乎」強調中帶有委婉，「豈不難哉」強調中帶有情緒，源自「乎」、「哉」的功能。〔不亦 X 乎〕、〔豈 X 哉〕都是常見的組合。

---

14 這種條件論斷句中隱含著泛指的第二人稱成分「你」。如果是採取泛指的讀法，那麼「焉」就指代「你」。

與／邪

　　此外反問形式常與句末「與／邪」搭配，有「探詢」之意，[15] 探測受話者的意向。例如：

（48）漁父見而問之曰：「子非三閭大夫與？何故至於斯！」（〈漁父〉）

（49）汝非天子之民邪？（〈曾子受杖〉）

（50）巨伯曰：「遠來相視，子令吾去；敗義以求生，豈苟巨伯所行邪？」（〈苟巨伯遠看友人疾〉）

例（48）中的「子非三閭大夫與」以反問為強調，同時用「與」探詢；亦即漁父認為對方是三閭大夫屈原，向對方求證。例（49）中的「汝非天子之民邪」也是反問和探詢並用，一方面強調把對方視為「天子之民」，另一方面探測對方是否認同。同樣地，例（50）中的「豈苟巨伯所行邪」意思是苟巨伯強調自己不為了求生而敗壞義氣的價值立場，探測對方是否相信。

　　以下仍由圖解顯示三例的組成關係：

子非三閭大夫　　與

汝非天子之民　　邪

豈　苟巨伯所行　邪

---

15 句末「與」有些文獻寫作「歟」，句末「邪」有些文獻寫作「耶」，功能相同。由於本書的選文並沒有出現，不多舉例。又古漢語語法研究著作經常用「測問」來概括句末「邪／耶／與／歟」表示的語氣內容，然而對於不熟悉古漢語語法術語的讀者來說，或許會造成理解困難，因此採取較直觀的說法「探測」。

三、小句之間的連接關係

平行並列

　　這一節講解長句子內部的小句之間的連接關係，還有表述成分、句子之間的連接關係。

　　文言小句的連接關係不強制使用連詞註明。並列關係大都以平行鋪排的方式呈現。例如：

（51）一樹一穫者，穀也；一樹十穫者，木也；一樹百穫者，人也。（〈終身之計〉）

（52）故王之不王，非挾太山以超北海之類也；王之不王，是折枝之類也。（〈推己及人〉）

（53）子曰：「生，事之以禮；死，葬之以禮，祭之以禮。」（〈孟懿子問孝〉）

例（51）是三個說明類型的成分並列組成，藉著一穫、十穫、百穫的比較，凸顯人才培育的價值。例（52）由評議成分正反並列，指認齊宣王未能成為天下的共主，不是因為成為共主猶如「挾太山以超北海」那樣難以做到，只是不願為百姓提供「為長者折枝」一類的舉手之勞。例（53）是由兩個並列成分組成，前者以題旨「生」搭配表述「事之以禮」，後者以題旨「死」搭配並列的表述「葬之以禮，祭之以禮」。

　　以下是並列關係圖解：

一樹一穫者，穀也；一樹十穫者，木也；一樹百穫者，人也
└─────┘並列└─────┘並列└─────┘

故王之不王，非挾太山以超北海之類也；王之不王，是折枝之類也
└─────────────┘並列└────────┘

生，事之以禮；死，葬之以禮，祭之以禮
└──┘並列└──┘
　　　└──┘並列└──┘

條件論斷

條件關係也不強制使用連詞。例如：

（54）老吾老，以及人之老；幼吾幼，以及人之幼。天下可運於掌。
（〈推己及人〉）

（55）顏淵問仁。子曰：「克己復禮為仁。<u>一日克己復禮，天下歸
仁焉</u>。為仁由己，而由人乎哉？」（〈克己復禮〉）

例（54）句號分隔的成分由條件關係連接，「老吾老，以及人之老；幼
吾幼，以及人之幼」條件得到滿足，就得到「天下可運於掌」的結果，
條件和論斷結果之間並沒有使用連詞註明。例（55）由底線標示的兩個
成分之間也是條件關係，同樣不用連詞。

以下條件論斷關係圖解：

老吾老，以及人之老；幼吾幼，以及人之幼。天下可運於掌
└─────────── 條件 ───────────┘ └─ 論斷 ─┘
一日克己復禮，天下歸仁焉
└─ 條件 ─┘ └─ 論斷 ─┘

不過另一方面，以連詞顯示連接關係的例子也很多。以下是課文使
用的幾種常見連詞，略加解說。

（一）泛用連詞「而」

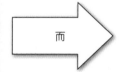
而

文言連詞「而」註記多種語義關係，本書稱之為「泛用連詞」。它
用於表示平行、對照、轉折、時間、因果，甚至限定關係。先看平行、
對照及轉折之例：

（56）故君子敬始而慎終。終始如一，是君子之道，禮義之文也。
（〈禮論〉）

（57）今有人於此，有子十人，一人耕而九人處，則耕者不可以不益
　　急矣。（〈墨子貴義〉）

（58）太公曰：「舉賢而不用，是有舉賢之名而無用賢之實也。」（〈舉
　　賢而不用〉）

（59）賊相謂曰：「我輩無義之人，而入有義之國！」（〈荀巨伯遠
　　看友人疾〉）

例（56）用「而」連接並列的表述成分「敬始」、「慎終」。例（57）用「而」
連接並列的對照成分「一人耕」和「九人處」。如果在對照之中還涉及與
預期相反的概念，便有轉折之意；如例（58）中的「舉賢」是為了任用，「不
用」與預期相反，這時候「而」相當於「然而」。

　　例（56）到（58）中的「而」都顯示本已存在的語義關係。例（59）中「我
輩無義之人」和「入有義之國」是正反對照，並沒有「預期外」或「不應為」
的轉折之意，連詞「而」增添了這層意思。

　　其次看時間及因果之例：

（60）漁父見而問之曰：「子非三閭大夫與？何故至於斯！」（〈漁
　　父〉）

（61）麑退，歎而言曰……觸槐而死。（〈鉏麑觸槐〉）

（62）聖人不凝滯於物，而能與世推移。（〈漁父〉）

例（60）中的動詞「見」、「問」及例（61）中的動詞「歎」、「言」都
表述發生的事件，由「而」註記時間先後。例（61）中的「觸槐」和「死」
除了時間，還有因果關係，仍由「而」連接。例（62）中的「聖人不凝滯
於物，而能與世推移」意思是聖人因為不被外物所羈絆，故而能隨著世事
推移，這種「而」相當於表示結果的「故而」。

　　又其次，「而」也用於連接限定關係的表述成分：

（63）夫不可陷之楯與無不陷之矛，不可同世而立。（〈自相矛盾〉）

（64）子路率爾而對曰……（〈孔門弟子言志〉）

例（63）意思是不可能刺穿的盾牌和能刺穿一切的矛，這兩件東西是不可能同時並立的，「同世」針對「立」設下的限定，由連詞「而」連接。例（64）中的「率爾」形容子路輕率回答孔子的樣子，「率爾」和「對」由「而」連接。

　　最極端的限定之例如下所示：

（65）鳥乃眩視憂悲，不敢食一臠，不敢飲一杯，三日而死。（〈魯侯養鳥〉）

（66）子曰：「人而不仁，如禮何？人而不仁，如樂何？」（《論語·八佾》）

例（65）中「三日而死」的「三日」表示持續時間，時間成分一般都充當動詞的修飾語。例（66）中「人而不仁」的「人」與「不仁」之間存在〔題旨－表述〕關係。[16] 有學者因此主張「而」連接狀語和中心語還有主語和謂語。若從廣義的條件關係來說，其實可以歸入廣義的限定關係。

(二) 因果連詞「則」、「以」、「乃」、「遂」

連詞「則」註記前後小句互有時間關係或推論關係。[17] 先看時間之例：

（67）宋人有閔其苗之不長而揠之者，芒芒然歸。謂其人曰：「今日病矣，予助苗長矣。」其子趨而往視之，苗則槁矣。（〈揠苗助長〉）

（68）范氏之亡也，百姓有得鐘者，欲負而走，則鐘大不可負，以椎毀之，鐘況然有音，恐人聞之而奪己也，遽揜其耳。（〈掩耳盜鈴〉）

---

16 這裡依循廣泛被接受的說法，把例（66）中的「人」和「不仁」解釋為〔題旨－表述〕。不過漢語的題旨和條件之間，界線是有模糊的，主謂關係和條件關係並不都截然可分。

17 王力指出「則」前面的小句總是時間成分或條件成分。請參閱王力，《漢語史稿》（北京：中華書局，1980），頁392-393。換言之，「則」連接的兩個成分互有時間關係或推論關係。

例（67）中那個宋人的兒子聽說父親揠苗助長，急忙跑到田裡去看視，結果看到苗都枯萎了，「則」註記前後的時間次序，後續成分隱含結果的意思。例（68）中那個得到大鐘的人想揹著鐘跑走，結果太大揹不動，「則」註記時間次序。如果結果不符合預期，就容許理解為「卻」，例（68）中「則鐘大不可負」的「則」即是如此。

再看「則」註記條件與推論關係之例：

（69）人生而有欲，欲而不得，則不能無求；求而無度量分界，則不能不爭；爭則亂，亂則窮。（〈禮論〉）

（70）日中不至，則是無信；對子罵父，則是無禮。（〈陳太丘與友期行〉）

例（69）中「則不能無求」是從「人生而有欲，欲而不得」推論而來，「則」註記推論關係。其後三個「則」也註記推論。前行的推論旋即成為後續的條件，自然形成連鎖推論。用「則」進行連鎖推論在文言論說中相當常見。例（70）由兩個條件推論並列組成。「日中不至」、「對子罵父」承接上文，表示條件，推論出「無信」、「無禮」；「是」相當於「此」，複指條件。這是把「則」與「是」分讀得到的解釋。如果把「則是」連讀，功能就相當於「是」。

有些「則」可以用「就」或「就是」解釋。如例（6）中「令之俯則俯，令之仰則仰」、「處則靜，呼則應」的「則」相當於「就」。例（37）中「何故？則食者眾而耕者寡也」的「則」相當於「就是」。

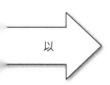
以

連詞「以」源自介詞「以」。介詞「以」相當於「用」，連詞功能可以從介詞找到理解的依據。首先連詞「以」連接「手段」和「目的」：

（71）巨伯曰：「遠來相視，子令吾去；敗義以求生，豈苟巨伯所行邪？」（〈荀巨伯遠看友人疾〉）

（72）先王惡其亂也，故制禮義以分之，以養人之欲，給人之求。（〈禮論〉）

例（71）中「敗義以求生」的「敗義」和「求生」有手段和目的關係，用「以」註明。例（72）中「制禮義以分之」由「以」連接「制禮義」和「分之」，「制禮義」是手段，「分之」是目的；同樣地，「制禮義以分之」和「養人之欲，給人之求」也是手段和目的關係，由「以」連接。

以下圖解顯示例（72）小句之間的語義關係：

先王惡其亂也，故制禮義以分之，以養人之欲，給人之求

```
      手段           目的
   手段  目的
```

其次「以」連接「方式」和「結果」：

（73）今子委身以待暴怒，立體而不去，殺身以陷父不義，不孝孰是大乎？（〈曾子受杖〉）

其中「殺身以陷父不義」意為「弄死自己，害得父親承擔不義的名聲」，「陷父不義」相當於「陷父於不義」。「殺身」是方式，「陷父不義」是結果，方式和結果關係由「以」標註。根據前面的說法，「殺身」是因為任憑暴怒的父親鞭打而不逃走。從「委身以待暴怒，立體而不去」到「殺身」，再到「陷父不義」，是連鎖因果關係。

此外值得注意的是「委身以待暴怒」中的「委身」和「待暴怒」之間並沒有明顯的目的或結果關係。連詞「以」從介詞演變而來，到了演變最後階段，連接功能超越了最初承襲自介詞的特性，功能趨近於連詞「而」。例（31）中「挾太山以超北海」的「以」也近似「而」。

是以、所以

又連詞「以」經常和「是」組成「是以」，或和「所」組成「所以」，都表示因果關係。例如：

（74）今子長八尺，迺為人僕御；然子之意，自以為足，妾是以求去也。

（〈晏子之御感妻言〉）

（75）周公乃告太公望、召公奭曰：「我之所以弗辟而攝行政者，恐天下畔周，無以告我先王太王、王季、文王。三王之憂勞天下久矣，於今而后成。武王蚤終，成王少，將以成周，我所以為之若此。」（〈握髮吐哺〉）

例（74）中的「是以」由「以」連接「是」指代的原因「今子長八尺，迺為人僕御；然子之意，自以為足」和「求去」的結果。「是以」可以當作文言固定組合形式，相當於現代的「因此」。

同樣地，例（75）中的〔所以／之所以A（者），B（也）〕也可以當作表示因果的固定組合，A指結果，B指原因。古今漢語共享的優勢語序是「原因先於結果」，而這種固定組合是結果在前充當題旨，原因在後充當表述成分，由「所以／之所以」標示。「我之所以弗辟而攝行政者」指結果，「恐天下畔周，無以告我先王太王、王季、文王」表述原因。又「我所以為之」指結果，「之」指代「弗辟而攝行政」；「若此」表述原因，「此」指代「三王之憂勞天下久矣……將以成周」。

有以、無以

此例中還有一種固定組合形式「無以」，見於「恐天下畔周，無以告我先王太王、王季、文王」，可與例（85）中「今者妾觀其出，志念深矣，常有以自下者」的「有以」互相比較。兩例都是連詞「以」承接有無動詞表示結果或目的之例。「有」意指「有什麼……」，「常有以自下者」意思是「經常有什麼地方（或理由）認為自己在別人之下（或不及別人）」。「無」意指「沒什麼……」，「無以告我先王太王、王季、文王」意思是「沒什麼地方（或功勞）來告慰先王」。

文言中的「是以」、「所以／之所以」、「有以」、「無以」都是高度固化的組合形式，這裡分析它們的結構，以便讀者了解其由來。

乃、遂

最後，連詞「乃」、「遂」常用於敘述篇章，表示前行事件造成的結果：

（76）蚩尤作兵伐黃帝，黃帝乃令應龍攻之冀州之野。應龍畜水，蚩尤請風伯、雨師，縱大風雨。黃帝乃下天女曰魃。雨止，遂殺蚩尤。（《山海經》神話）

這段神話敘述黃帝和蚩尤大戰的經過，歷程中用「乃」和「遂」表示前面的事件造成後面的結果。「遂」傾向註明歷程的最後結果，「乃」無此傾向。

(三) 假設連詞「若」、「如」

若、如

假設連詞「若」和「如」都是源自表示相似義的動詞，本書課文仍有相似義動詞「若」和「如」的用例。以下是表示假設之例：

(77) 若是則群邪比周而蔽賢，忠臣死於無罪，姦臣以虛譽取爵位。
（〈舉賢而不用〉）

(78) 如或知爾，則何以哉？（〈孔門弟子言志〉）

例（77）中「若是」的「是」為代詞，指代假設條件，「則」註記從假設條件衍生出來的推論。例（78）中「如或知爾」的「或」意思是「有人」，「如」註明「或知爾」是假設情況。

從相似義動詞「如」衍生出來的並不只有假設連詞，還有相當於「或者」的選擇連詞以及相當於「至於」的他轉連詞：

(79) 對曰：「方六七十，如五六十，求也為之，比及三年，可使足民。
如其禮樂，以俟君子。」（〈孔門弟子言志〉）

句中有兩個連詞「如」。「方六七十，如五六十」意思是「土地的長度與寬度各六七十里，或者各五六十里」，「如」相當於「或者」，為選擇連詞。「如其禮樂」意為「至於禮樂方面」，「如」相當於「至於」，為他轉連詞。

(四) 讓步連詞「雖」與轉折連詞「然」

雖

文言連詞「雖」相當於現代漢語的「雖然」或「就算」，表示讓步，意思是發言者承認或假設事情如此，目的在導入正題。先看相當於「雖然」之例：

（80）使弈秋誨二人弈，其一人專心致志，惟弈秋之為聽。一人雖聽
之，一心以為有鴻鵠將至，思援弓繳而射之，雖與之俱學，弗
若之矣。（〈弈秋誨弈〉）

其中兩個「雖」都表示對事實的承認，[18] 承認事實的目的在於導入與事實
引起之預期相反的結果：「雖聽之」承認那人聽從弈秋的教誨，應該要專注，
但卻分心想著將有天鵝飛來，想著拿弓箭去射牠；「雖與之俱學」承認那
人跟另一個人共學，應該有相同的學習效果，結果卻不然。

再看相當於「就算」之例：

（81）掀其殼，膏膩堆積如玉脂珀屑，團結不散，甘腴雖八珍不及。
（〈蟹會〉）

其中的「甘腴雖八珍不及」用「雖」假設一種極端情況，是為了導入預期
之外的結果：本來「八珍」是極美味的食物，按理說沒有其他食物比得上，
卻不及「蟹膏」。「雖」相當於「就算」或「即使」。

文言中的「雖然」相當於現代漢語的「雖然如此」：

（82）匠石曰：「臣則嘗能斲之。雖然，臣之質死久矣。」（〈莊子
送葬〉）

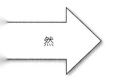

最後來看表示轉折的連詞「然」：

（83）婦曰：「新婦所乏唯容爾。然士有百行，君有幾？」（〈阮氏
捉裾〉）

（84）我文王之子，武王之弟，成王之叔父，我於天下亦不賤矣。然

---

18 此例開頭的「使」不表示假設，而是指「使令」、「派遣」。

我一沐三捉髮，一飯三吐哺，起以待士，猶恐失天下之賢人。
（〈握髮吐哺〉）

（85）妻曰：「晏子長不滿六尺，相齊國，名顯諸侯。今者妾觀其出，志念深矣，常有以自下者。今子長八尺，迺為人僕御；然子之意，自以為足，妾是以求去也。」（〈晏子之御感妻言〉）

例（83）發言者是許允的妻子，許允嫌她容貌醜陋而不願同室共處，她承認自己容貌不佳，婦德有缺憾，接著用「然」從自己轉向對方，反過頭來詢問許允具備幾項士人的德行。

例（84）發言者是周公，他肯認自己具備周王室血統與地位，就此轉出自己殷勤接待天下的賢士還深怕錯過的謙虛。地位尊貴的人通常都是予取予求，然而周公深怕錯過賢士，與一般尊貴人的心態相反，用轉折連詞「然」註記。

例（85）發言者是晏子車夫的妻子，她拿身材不高而具備種種優勢的晏子與自己的高個子丈夫相比，指出晏子懷抱深刻的志念而為人謙虛，反觀丈夫只是個車夫，卻自以為滿足，因此求去。妻子批評丈夫「然子之意，自以為足」是針對晏子「志念深矣，常有以自下者」而提出，晏子身為上位者而能謙虛，反觀丈夫位在人下，卻自以為滿足，其中的轉折用「然」註記。

四、結語及補充

以上從語義關係的角度，解說本書課文使用的語法形式。我們透過實例分析句子和篇章的組成，希望藉著語法，增進學習成效。由於解說主要是針對選文而提出，不反映文言語法的全貌，但作為文言學習的輔助，應該已經足夠。若是能反覆地來回於選文的實例和語法概說之間，嫻熟本書概說的語法現象，將可望為古漢語語法學習打下良好的根基。

最後提出四點補充。首先是文言也有並用的連接成分。如「非徒無益，而又害之」（〈揠苗助長〉）是把「非徒」和「而又」並用為〔非徒 X，

而又 Y〕的固定組合。「君子既得其養，又好其別」（〈禮論〉）以「既」、「又」並用為遞進的〔既 X，又 Y〕。

其次有兩個課文使用的句末語氣詞，沒有放進前面的討論：

（86）客問元方：「尊君在不？」（〈陳太丘與友期行〉）

（87）何故深思高舉，自令放為？（〈漁父〉）

例（86）中的「不」即「否」，「在不」相當於「在不在」。這是漢代以後才出現的句末語氣詞。例（87）中的句末「為」雖然位在句末表示語氣，但不獨用，必須和疑問代詞「何」或「奚」同現，表示疑問語氣。

賓語前置

第三是文言有所謂「賓語前置」，即是賓語出現在動詞的前面。賓語前置是有條件的。條件之一為動詞組前面有否定副詞而動詞的賓語是代詞：

（88）子曰：「以吾一日長乎爾，毋吾以也。居則曰：『不吾知也！』
　　如或知爾，則何以哉？」（〈孔門弟子言志〉）

這段話大意是孔子要弟子談談自己的志向。他說你們以為我年紀比你們大些（就不敢直說），不要以為我這樣。平常都說「別人不知道我」，如果有人知道你，你怎麼樣呢？「以吾一日長乎爾」、「毋吾以也」中的「以」是動詞，意即「以為」。[19]「毋吾以也」前有否定副詞而賓語為代詞，符合上述條件，賓語「吾」在「以」前面。又「不吾知也」符合上述條件，賓語「吾」在動詞「知」前面。「如或知爾」賓語雖然是代詞「爾」，但沒有搭配否定副詞，「爾」仍在動詞後面。

第二種賓語前置與疑問代詞有關：

（89）吾誰欺？欺天乎？（《論語·子罕》）

例中的「吾誰欺」把疑問代詞「誰」放到動詞「欺」前面，「欺天乎」

---

[19] 同一個詞形「以」在文言文可能代表動詞、介詞、連詞，須由前後的搭配成分來分辨。

的賓語是普通名詞「天」，就出現在動詞後面。

第三種賓語前置如例（90）：

（90）使弈秋誨二人弈，其一人專心致志，惟弈秋之為聽。（〈弈秋
誨弈〉）

其中「惟弈秋之為聽」相當於「只聽弈秋」，意思是只聽從弈秋教導。
「弈秋」是動詞「聽」的賓語，因為套用了「惟/唯」字賓語前置的組合，
賓語出現在動詞前面。「為」是這種組合的襯字，並沒有特別的意義。文
言常見「唯命是聽」（就聽你的指令）、「唯你是問」（就只問你）都屬
於這種組合。

標點和解釋

最後，〈濫竽充數〉中的「廩食以數百人」，有人認為「以」是介詞，
解釋為齊宣王把幾百人的官廩糧食送給南郭處士。但是吹竽者至少有三百
人，如果單是南郭處士一人就領取數百人份的糧食，整個樂團的開銷太大
了，違反常理。那麼該如何解釋？

先比較下面兩種標點方式：[20]

（91）齊宣王使人吹竽，必三百人，南郭處士請為王吹竽，宣王說之，
廩食以數百人。宣王死，湣王立，好一一聽之，處士逃。（〈濫
竽充數〉）

（92）齊宣王使人吹竽，必三百人。南郭處士請為王吹竽，宣王說之，
廩食以數百人。宣王死，湣王立，好一一聽之，處士逃。（〈濫
竽充數〉）

兩例在「宣王說之」，和「廩食以數百人」之間運用不同的標點符號，例
（91）用逗號，例（92）用句號。試想兩種標點方式有什麼不同？

用逗號的時候，行文脈絡延續齊宣王和南郭處士的對待關係，「宣王」

---

20 例（91）標逗號，見於陳奇猷，《韓非子集釋》（台北：華正書局，1987），頁557。例（92）
標句號，見於陳奇猷，《韓非子新校注》（上海：上海古籍出版社，2000），頁602。

就被當作「廩食以數百人」的行為者，南郭處士當作此一行為傳遞之物件（幾百人的官廩糧食）的接受者。要是用句號，那麼對待關係就隨著句號而中止，「廩食以數百人」便是獨立的句子。

就句義來說，逗號的讀法意味著宣王只因為南郭處士請求加入吹竽的行列就賜予他可供給數百人的官廩糧食，而他好聽大合奏，樂團至少有三百人，那麼他得為樂團付出多大的代價呢？這種讀法脫離我們對現實世界的認識。句號的讀法相對而言比較合理。宣王雇用大批人為他吹竽，官廩支出好幾百人的薪俸，這種讀法中的「以」相當於「已」。

文言文不用相應於現代語體文的標點符號，閱讀現代標點本的時候需要注意標點方式，標點不同，可能會造成文義理解上的差異。

第一課　濫竽充數

齊宣王使人吹竽，必三百人。南郭處士請為王吹竽，宣王說之。
廩食以數百人。宣王死，湣王立，好一一聽之，處士逃。[1]

課前預習

1. 韓非子為戰國時期韓國的思想家，法家代表人物之一。擅長以故事勸諫君王，
   其知名篇章如〈說難〉、〈五蠹〉等，收錄於《韓非子》一書，可見韓非子
   的思想。本課出自《韓非子・內儲說上》。韓非子以本課說明君王在選人之
   時應該注重他的才能，並考慮他是否有真正的實力，提出有用的計畫，為君
   王效勞、為人民服務，同時不浪費國家公帑。

2. 請閱讀本課參考資料，並簡介韓非子。

參考資料

3. 請寫出以下「之」字所代表的內容。

   (1)南郭處士請為王吹竽，宣王說「之」。廩食以數百人。

   (2)宣王死，湣王立，好一一聽「之」，處士逃。

4. 標出下列句子中的語法點。

(1)齊宣王使人吹竽，必三百人。

(2)南郭處士請為王吹竽，宣王說之。廩食以數百人。

5. 請指出下列句子中的題旨，如不在句內，請補上。

(1)齊宣王使人吹竽，必三百人。

(2)宣王死，湣王立，好一一聽之，處士逃。

6. 請說明文中的南郭處士發生了什麼事。

詞語表

文言詞	讀音	詞義解釋	現代關聯詞語
1. 使	shǐ	命令、派遣。	使得、使命
2. 竽	yú	樂器名，吹管樂器。形似笙而較大。	
3. 必	bì	一定、必須、總是。	未必、務必
4. 處士	chǔ shì	未做過官的士人。	
5. 請	qǐng	懇求、乞求。	請求、請假

文言詞	讀音	詞義解釋	現代關聯詞語
6. 為	wèi	替、給。	為民服務、為國爭光
7. 王	wáng	中國古代封建社會中地位在公侯之上的爵位，現代有些國家仍用這種稱號。	王國、王朝
8. 說	yuè	通「悅」。對⋯⋯感到高興。	
9. 之	zhī	指前面出現過的人、事、物。	
10. 廩	lǐn	官方供給（糧食）。	
11. 食	shí	糧食。	
12. 以	yǐ	通「已」，（數量）達到。	
13. 立	lì	登位、即位。	
14. 好	hào	愛、喜愛。	好奇、好色

語法點

1. 使＋某人＋做某事：要求、派遣某人做某件事。

(1) 楚王使大夫二人往先焉。（《莊子‧秋水》）

(2) 長沮、桀溺耦而耕，孔子過之，使子路問津焉。（《論語‧微子》）

(3) 昔者有饋生魚於鄭子產，子產使校人畜之池。（《孟子‧萬章上》）

(4) 使弈秋誨二人弈，其一人專心致志，惟弈秋之為聽。（《孟子‧告子上》）

(5) 使公子馮出居於鄭。（《左傳‧隱公三年》）

2. 必：表示必定。

(1) 子曰：「德不孤，必有鄰。」（《論語‧里仁》）

(2) 公曰：「多行不義，必自斃，子姑待之。」（《左傳‧隱公元年》）

(3) 秦師輕而無禮，必敗。（《左傳‧僖公三十三年》）

(4) 故天將降大任於是人也，必先苦其心志，勞其筋骨，餓其體膚，空乏其身，行拂亂其所為。（《孟子‧告子下》）

(5) 卜偃曰：「畢萬之後必大。萬，盈數也；魏，大名也。」（《左傳‧閔公元年》）

課後測驗

1. 下列哪些選項中的「之」與本課「宣王死，湣王立，好一一聽之」中「之」
   的功能相同？
   (1)其里之富人見之，堅閉門而不出。（《莊子‧天運》）
   (2)子思之母死於衛。（《禮記‧檀弓上》）
   (3)王怒，得衛巫，使監謗者，以告，則殺之。（《國語‧周語上》）
   (4)為政不因先王之道，可謂智乎？（《孟子‧離婁上》）
   (5)乃以其子代宣王，宣王長而立之。（《國語‧周語上》）

2. 下列哪些選項中的「使」與本課的語法點相同？
   (1)長沮、桀溺耦而耕，孔子過之，使子路問津焉。（《論語‧微子》）
   (2)越有難，吳王使之將。（《莊子‧逍遙遊》）
   (3)晏子使楚，以晏子短，楚人為小門于大門之側而延晏子。（《晏子春秋‧
      內篇‧雜下》）

3. 下列哪些選項中的「必」與本課的語法點不同？
   (1)子貢問政。子曰：「足食。足兵。民信之矣。」子貢曰：「必不得已而去，
      於斯三者何先？」（《論語‧顏淵》）
   (2)是以刑罰不必則禁令不行。（《韓非子‧內儲說上》）
   (3)悍人也，中期！適遇明君故也，向者遇桀、紂，必殺之矣。（《戰國策‧
      秦策》）

4. 請你閱讀完課文之後，說明為什麼南郭處士明明不會吹竽，故事開始處卻去
   應徵為宣王吹竽？

5. 南郭處士最後為什麼要逃跑？

6. 如果是你，會用什麼方法避免像宣王一樣聘用到不會吹竽的人，確保你的樂
   師都是吹竽高手？

7. 請將下列句子翻譯成現代語體文。
   齊宣王使人吹竽，必三百人。

文化引導

韓非子對於君王應該如何用人有一套自己的想法。本篇文章主要呈現韓非子的用人思想：強調德才兼備且賞罰分明。韓非子說明君王在選人之時應該注重他的才能，並考慮他是否有真正的實力，提出有用的計畫，為君王效勞、為人民服務，同時不浪費國家公帑。

在《史記・老子韓非列傳》中有一段關於韓非子的記載，可以從中瞭解韓非子主張的用人之術。「非見韓之削弱，數以書諫韓王，韓王不能用。於是韓非疾治國不務脩明其法制，執勢以御其臣下，富國彊兵而以求人任賢，反舉浮淫之蠹而加之於功實之上。」這段文字可理解如下：韓非子見到韓國的衰弱，曾多次以文章向韓王提出諫言，但都不被韓王採用。在韓國遇到的狀況，讓韓非子認為治國既沒有修明法制，又沒有以國君的權勢來駕馭臣下，更沒有富國強兵並找賢人來治理國家，反而讓言行浮誇像蠹蟲的人（原文指儒、俠之類）居於對國家有實際功績的人之上是不對的。

1. 請根據本課，說明對韓非子而言，國君在選才之時應該重視哪些條件。
2. 比較本課及《史記》，《史記》中以「浮淫之蠹」形容什麼樣的人？
3. 承上題，本課中如何呈現、說明韓非子認為「舉浮淫之蠹而加之於功實之上」是不對的？
4. 戰國時期每個國家都希望能夠富國強兵，在這樣的情況下，你認為對戰國時期的國君來說，除了用人以外，國君應該還要重視哪些面向？
5. 以現代國家的標準而言，你認為國家的首長應注意哪些治國面向？

相關成語

濫竽充數：比喻沒有真才實學的人，混在行家中充數。比喻以不好的東西冒充場面，有時亦用於自謙。

例句：你回家都沒練琴，就不要待在弦樂團裡面濫竽充數了。

---

1 出處：戰國《韓非子・內儲說上》。文字及標點依陳奇猷，《韓非子新校注》（上海：上海古籍出版社，2000年），頁602。

第二課　終身之計

一年之計，莫如樹穀；十年之計，莫如樹木；終身之計，莫如樹人。一樹一穫者，穀也；一樹十穫者，木也；一樹百穫者，人也。[1]

課前預習

1. 請標示出下列句子中的語法點。

   一年之計，莫如樹穀；十年之計，莫如樹木；終身之計，莫如樹人。

2. 請標示出下列句子中的〔題旨－表述〕。

   一樹一穫者，穀也；一樹十穫者，木也；一樹百穫者，人也。

3. 樹穀、樹木、樹人哪一個最難？你怎麼推斷出來的？

詞語表

文言詞	讀音	詞義解釋	現代關聯詞語
1. 之	zhī	的。	
2. 計	jì	規劃。	計畫、計謀

文言詞	讀音	詞義解釋	現代關聯詞語
3. 莫	mò	表示沒有誰、沒有什麼、沒有哪裡。	
4. 如	rú	及、比得上。	不如
5. 樹	shù	種植、栽培。	
6. 穀	gǔ	糧食作物的總稱。	五穀、稻穀
7. 穫	huò	收成農作物。	一年一穫

語法點

1. 莫＋如＋X：沒什麼比得上 X。

(1) 凡今之人，莫如兄弟。（《詩經‧小雅‧常棣》）

(2) 勤禮莫如致敬，盡力莫如敦篤。（《左傳‧成公十三年》）

(3) 擇子莫如父，擇臣莫如君。（《左傳‧昭公十一年》）

(4) 不厚其棟，不能任重。重莫如國，棟莫如德。（《國語‧魯語上》）

(5) 秦之所害於天下莫如楚，楚強則秦弱，楚弱則秦強，此其勢不兩立。（《戰國策‧楚策》）

2. A 者－B 也：由「者」註記 A 為題旨，「也」註記 B 為表述，「也」的功能為指認。

(1) 友者，所以相有也。（《荀子‧大略》）[2]

(2) 所臨唯信，信者，言之瑞也，善之主也，是故臨之。（《左傳‧襄公九年》）

(3) 孟子對曰：「夫明堂者，王者之堂也。王欲行王政，則勿毀之矣。」（《孟子‧梁惠王下》）

(4) 老子者，楚苦縣厲鄉曲仁里人也。（《史記‧老子韓非列傳》）

(5) 凡禹之所以為禹者，以其為仁義法正也。（《荀子‧性惡》）

3. 並列關係：把性質或語義分量相當的成分平行鋪排，形成比較或對照。

(1) 學而時習之，不亦說乎？有朋自遠方來，不亦樂乎？人不知而不慍，不亦君子乎？（《論語‧學而》）

(2) 木受繩則直，金就礪則利，君子博學而日參省乎己，則知明而行無過矣。
（《荀子‧勸學》）

(3) 孟子曰：「以善服人者，未有能服人者也；以善養人，然後能服天下。」
（《孟子‧離婁下》）

(4) 舉世皆濁我獨清，眾人皆醉我獨醒，是以見放！（《楚辭‧漁父》）

(5) 今陛下致昆山之玉，有隨、和之寶，垂明月之珠，服太阿之劍，乘纖離之
馬，建翠鳳之旗，樹靈鼉之鼓。（《史記‧李斯列傳》）

課後測驗

1. 下列哪些選項中的「樹」和「一年之計，莫如樹穀」的「樹」詞性相同？
   (1) 故水鬱則為污，「樹」鬱則為蠹，草鬱則為黃。（《呂氏春秋‧恃君覽‧
      達鬱》）
   (2) 吾聞撫民者，節用於內，而「樹」德於外。（《左傳‧昭公十九年》）
   (3) 然使十人「樹」楊，一人拔之，則無生楊矣。（《戰國策‧魏策》）

2. 請選出符合「並列」語法的選項，並將並列的成分分別以數字標示出來。
   (1) 吾聞之，新沐者必彈冠，新浴者必振衣。（《楚辭‧漁父》）
   (2) 名不正，則言不順；言不順，則事不成；事不成，則禮樂不興；禮樂不興，
      則刑罰不中；刑罰不中，則民無所措手足。（《論語‧子路》）
   (3) 故水鬱則為污，樹鬱則為蠹，草鬱則為黃。（《呂氏春秋‧恃君覽‧達鬱》）
   (4) 公入而賦：「大隧之中，其樂也融融。」姜出而賦：「大隧之外，其樂也
      洩洩。」遂為母子如初。（《左傳‧隱公元年》）

3. 文章中「穀」、「木」和「人」的關聯性是什麼？

4. 「穀」、「木」、「人」三種事物，以及「一年」、「十年」、「終身」三
   個時間區段之間的關係是什麼？為什麼文章要特別舉出這三種東西和三個時
   間？

5. 請將課文翻譯成現代語體文。

文化引導

現代社會大多會將「學業完成」和畢業畫上等號，但是古代的教育內涵不只在於獲取知識，更重視長久的人格養成。

> 子曰：「君子食無求飽，居無求安，敏於事而慎於言，就有道而正焉，可謂好學也已。」（《論語‧學而》）

對孔子而言，比起孜孜不倦地讀書、做一個滿腹經綸的博學者，他更在意日常生活中展現出的行為是否符合一個君子該做到的原則：

> 子曰：「弟子入則孝，出則弟，謹而信，汎愛眾，而親仁。行有餘力，則以學文。」（《論語‧學而》）

孔子認為擁有仁愛、孝悌等良好的品格，才算得上成為一個「人」。他對學生的期望是先端正自己的品行，然後才是學習知識。因此老師的工作不限於講授經典，也要要求學生的品格。他們被學生當作長期追隨的典範，職責不因固定的就學期限而結束。可見儒家眼中的教育是終生的、內在的涵養。一個人的成長，就和栽培樹木一樣，是很長遠的歷程。

1. 根據文章，儒家認為一個「人」應該精進自己的哪些特質？
2. 俗話說：「一日為師，終身為父。」為師和為父有哪些相同或不同之處？
3. 「樹木」和「樹人」之間的關聯是什麼？
4. 「百年樹人」經常被當作教育機構的宗旨，強調培育人才的用心良苦。你認為什麼樣的人可以算是「人才」？擁有優良的品格或者具備突出的才能，何者更適合被稱為「人才」？
5. 你認為「教育」最重要的內涵是什麼？

相關成語

十年樹木，百年樹人：栽植樹木需要十年，培養人才需要百年。比喻培養人才非常不易，或培育人才是長久之計。

例句：十年樹木，百年樹人，教育是長遠的事業，需要用心的規劃。

1　出處：春秋《管子・權修》。
2　文字及標點依（清）王先謙撰，沈嘯寰、王星賢點校，《荀子集解》（北京：中華書局，1988年），卷 19，頁 514。

第三課　掩耳盜鈴

范氏之亡也，百姓有得鍾者，欲負而走，則鍾大不可負，以椎毀之，鍾況然有音，恐人聞之而奪己也，遽揜其耳。惡人聞之可也，惡己自聞之悖矣。為人主而惡聞其過，非猶此也？[1]

前情提要

范氏為春秋時期晉國六卿之一，遭其他卿族所滅。

課前預習

參考資料

1. 請根據本課參考資料，說明成語、諺語、歇後語和慣用語的差別。

2. 請指出下列句子中的題旨，如不在句內，請補上。
   (1)百姓有得鍾者，欲負而走。

   (2)鍾況然有音，恐人聞之而奪己也，遽揜其耳。

3. 請標示出下列句子的語法點。
   (1)惡人聞之可也，惡己自聞之悖矣。

(2)欲負而走，則鍾大不可負，以椎毀之。

4. 請說明盜鍾者蓋住耳朵的用意。

詞語表

文言詞	讀音	詞義解釋	現代關聯詞語
1. 亡	wáng	滅亡。	滅亡、亡國
2. 百姓	bǎi xìng	民眾、群眾。	老百姓
3. 鍾	zhōng	通「鐘」。古代的打擊樂器，可用以報時。	
4. 欲	yù	想要。	欲哭無淚
5. 負	fù	用肩膀背著物品。	背負
6. 走	zǒu	跑步。	
7. 椎	zhuī	用於敲打的工具。	
8. 況	kuàng	擬聲詞。	
9. 然	rán	表示事物的狀態。	突然
10. 恐	kǒng	害怕。	驚恐
11. 聞	wén	聽到。	聽聞
12. 遽	jù	突然地、急忙地。	遽增
13. 揜	yǎn	通「掩」，蓋住。	
14. 惡	wù	害怕、畏懼。	厭惡
15. 悖	bèi	相反、矛盾。	悖論
16. 過	guò	錯誤、過失。	過錯
17. 猶	yóu	好像。	猶如

語法點

1. 有 X 者－表述：引介人物並加以表述。

(1) 人有畏影惡跡而去之走者，舉足愈數而跡愈多，走愈疾而影不離身，自以為尚遲，疾走不休，絕力而死。（《莊子・漁父》）

(2) 人有亡鈇者，意其鄰之子，視其行步竊鈇也。（《呂氏春秋・有始覽・去尤》）

(3) 人有酤酒者，為器甚潔清，置表甚長，而酒酸不售，問之里人其故。（《晏子春秋・內篇・問上》）

(4) 宋人有閔其苗之不長而揠之者，芒芒然歸。（《孟子・公孫丑上》）

(5) 齊有善相狗者，其鄰假以買取鼠之狗，朞年乃得之。（《呂氏春秋・士容論・士容》）

2. A 也－表述：由「也」註記 A 為題旨。

(1) 其為人也好善。（《孟子・告子下》）

(2) 鳥之將死，其鳴也哀。（《論語・泰伯》）

(3) 聖人之興也，不相襲而王。（《戰國策・趙策》）

(4) 惡之易也，如火之燎于原。（《左傳・隱公六年》）

(5) 韓氏輔國也，好利而惡難。（《戰國策・楚策》）

3. 介詞「以」：引介工具或手段。

(1) 大王加惠，以大易小，甚善。（《戰國策・魏策》）

(2) 所謂大臣者：以道事君，不可則止。（《論語・先進》）

(3) 曾子曰：「君子以文會友，以友輔仁。」（《論語・顏淵》）

(4) 或曰：「以德報怨，何如？」（《論語・憲問》）

(5) 陳人使婦人飲之酒，而以犀革裹之。（《左傳・莊公十二年》）

4. 句末「矣」：表示論斷或評價。

(1) 史駢曰：「使者目動而言肆，懼我也，將遁矣。薄諸河，必敗之。」（《左

傳‧文公十二年》）

(2)君子曰：「宋宣公可謂知人矣。」（《左傳‧隱公三年》）

(3)驕而能降，降而不憾，憾而能眕者，鮮矣。（《左傳‧隱公三年》）

(4)楚交成，太子必危矣。（《戰國策‧齊策》）

(5)子曰：「過而不改，是謂過矣。」（《論語‧衛靈公》）

課後測驗

1. 下列哪些選項中的「然」與本課「況然」的「然」功能相同？
   (1)今急而求子，是寡人之過也。然鄭亡，子亦有不利焉。（《左傳‧僖公三十年》）
   (2)昭陽以為然，解軍而去。（《戰國策‧齊策》）
   (3)於是焉河伯欣然自喜，以天下之美為盡在己。（《莊子‧秋水》）
   (4)蕩蕩乎！忽然出，勃然動，而萬物從之乎！（《莊子‧天地》）
   (5)然。男為人臣，女為人妾。（《左傳‧僖公十七年》）

2. 下列哪些選項中的「過」與本課「為人主而惡聞其過」的「過」意思相同？
   (1)今急而求子，是寡人之過也。（《左傳‧僖公三十年》）
   (2)夫人姜氏歸于齊，大歸也。將行，哭而過市。（《左傳‧文公十八年》）
   (3)無隱謀，無遺善，而百事無過，非君子莫能。（《荀子‧王制》）
   (4)有過不罪，無功受賞，雖亡不亦可乎？（《韓非子‧內儲說上》）
   (5)江河之大溢，不過三日；飄風暴雨，日中不出須臾止。（《文子‧微明》）

3. 下列哪些選項中的「也」與本課的語法點「A也－表述」的「也」功能相同？
   (1)亡鄧國者，必此人也。（《左傳‧莊公六年》）
   (2)今日臣之來也暮，後郭門，藉席無所得，寄宿人田中。（《戰國策‧趙策》）
   (3)許穆公卒于師，葬之以侯，禮也。（《左傳‧僖公四年》）
   (4)友者，所以相有也。（《荀子‧大略》）[2]
   (5)惠公之薨也，有宋師，太子少，葬故有闕，是以改葬。（《左傳‧隱公元年》）

4. 下列哪些選項中的「以」與本課的語法點相同？

　　(1)齊懼，令田章以陽武合於趙。（《戰國策・秦策》）

　　(2)出朝則抱以適趙氏，頓首於宣子。（《左傳・文公七年》）

　　(3)以五十步笑百步，則何如？（《孟子・梁惠王上》）

　　(4)及行，飲以酒。（《左傳・桓公十六年》）

　　(5)君子不以言舉人，不以人廢言。（《論語・衛靈公》）

5. 文末為何提到「為人主而惡聞其過，非猶此也」？這句話與掩耳盜鈴的故事有何關聯？

6. 請將下列句子翻譯成現代語體文。

　　(1) 鍾況然有音，恐人聞之而奪己也，遽揜其耳。

　　(2) 惡人聞之可也，惡己自聞之悖矣。

　　(3) 為人主而惡聞其過，非猶此也？

文化引導

「掩耳盜鈴」用以嘲諷一個人不認清事實、自欺欺人。此類透過故事寄託一種訊息、道理的文章被稱作「寓言故事」，從先秦到清代，每個朝代的寓言故事都有各自的特色。

先秦時期的作家多以故事寄託自家思想，舉例而言，莊子在〈逍遙遊〉裡說道有一棵樗樹，因為長相怪異，工匠不曾砍伐它，而使樗樹能一直安然地生長著。莊子說：「……今子有大樹，患其无用，何不樹之於无何有之鄉，廣莫之野，彷徨乎无為其側，逍遙乎寢臥其下。不夭斤斧，物无害者，无所可用，安所困苦哉！」這個寓言故事傳遞了「無用之用，是為大用」的思想與概念。

漢代之後的寓言，常與勸戒、諷刺有關，多藉由故事來揭露政治、社會的弊病。如唐代柳宗元的〈黔之驢〉說道一隻驢子：「黔無驢，有好事者船載以入，……虎見之，龐然大物也；以為神，蔽林間窺之。……他日，驢一鳴，虎大駭，遠遁；以為且噬己也，甚恐。然往來視之，覺無異能者，……稍近，益狎，蕩倚衝冒，驢不勝怒，蹄之。虎因喜，計之曰：『技止此耳！』因跳踉大㘎，斷其喉，盡其肉，乃去。」故事中，驢子外表威武，卻沒有相應的實力，最後落入被老虎斷喉的悲慘下場。這兩個角色的互動反映了當時的政治鬥爭，指出有些官員雖看似有才能，但實則愚笨，往往在激烈的鬥爭中被淘汰。

1. 寓言故事有哪些特色？
2. 〈掩耳盜鈴〉為什麼被稱為寓言故事？背後寄託了什麼道理？
3. 你認為「以故事的形式寄託道理」跟「直接說出道理」有何區別？
4. 請分享一則你聽過的寓言故事。
5. 承上題，這則寓言故事寄託了什麼道理？

1　出處：戰國《呂氏春秋·不苟論·自知》。
2　文字及標點依（清）王先謙撰，沈嘯寰、王星賢點校，《荀子集解》（北京：中華書局，1988年），卷19，頁514。

第四課　孟懿子問孝

孟懿子問孝。子曰：「無違。」樊遲御，子告之曰：「孟孫問孝於我，我對曰『無違』。」樊遲曰：「何謂也？」子曰：「生，事之以禮；死，葬之以禮，祭之以禮。」[1]

課前預習

1. 請標示出文中的名詞和動詞。

2. 請標示出下列句子中的語法點。
　　(1)子告之曰：「孟孫問孝於我，我對曰『無違』。」

　　(2)生，事之以禮；死，葬之以禮，祭之以禮。

3. 請指出下列句子中的題旨，如不在句內，請補上。
　　生，事之以禮；死，葬之以禮，祭之以禮。

4. 在本課中，孔子認為什麼樣的行為可以稱為「孝」？

詞語表

文言詞	讀音	詞義解釋	現代關聯詞語
1. 違	wéi	反、背。	違反、違背
2. 御	yù	駕馭車馬。	
3. 對	duì	應答。	應對、對答
4. 謂	wèi	道理、意義。	無謂之事
5. 事	shì	侍奉。	
6. 之	zhī	代指人。	
7. 禮	lǐ	古代的禮制。	
8. 葬	zàng	掩埋。	埋葬
9. 祭	jì	對死者致敬追思。	祭祀、祭拜

語法點

1. 某人＋「告」＋某人＋曰：告訴。

(1) 已矣，吾固告汝曰人將保汝，果保汝矣。（《莊子·列禦寇》）

(2) 管子以為小白死，告公子糾曰：「安之。公子小白已死矣。」（《呂氏春秋·開春論·貴卒》）

(3) 桓公患之，以告管仲曰：「布帛盡則無以為蔽，材木盡則無以為守備，而人厚葬之不休，禁之奈何？」（《韓非子·內儲說上》）

(4) 有為神農之言者許行，自楚之滕，踵門而告文公曰：「遠方之人聞君行仁政，願受一廛而為氓。」（《孟子·滕文公下》）

(5) 孔子出，以告顏回曰：「丘之於道也，其猶醯雞與！微夫子之發吾覆也，吾不知天地之大全也。」（《莊子·田子方》）

2. 介詞「於」：引介詢問、發言的對象。

(1) 季康子問政於孔子曰：「如殺無道，以就有道，何如？」（《論語・顏淵》）

(2) 南郭惠子問於子貢曰：「夫子之門何其雜也？」（《荀子・法行》）

(3) 公疾，問後於叔牙。（《左傳・莊公三十二年》）

(4) 孔子沐浴而朝，告於哀公曰：「陳恆弒其君，請討之。」（《論語・憲問》）

(5) 子魚言於宋公曰：「文王聞崇德亂而伐之，軍三旬而不降。」（《左傳・僖公十九年》）

3. 介詞「以」：引介工具或手段。

(1) 及行，飲以酒。（《左傳・桓公十六年》）

(2) 報生以死，報賜以力，人之道也。（《國語・晉語一》）

(3) 勇而有禮，反之以仁。（《國語・周語中》）

(4) 經之以天，緯之以地。（《國語・周語下》）

課後測驗

1. 請寫出「」中的讀音。

(1) 樊遲「御」。

(2) 無「違」。

(3) 死，「葬」之以禮，「祭」之以禮。

2. 下列哪些選項中的「之」與本課「生，事之以禮」的「之」功能相同？

(1) 舟止，從其所契者入水求之。（《呂氏春秋・慎大覽・察今》）

(2) 一年之計，莫如樹穀；十年之計，莫如樹木；終身之計，莫如樹人。（《管子・權修》）

(3) 南郭處士請為王吹竽，宣王說之。廩食以數百人。（《韓非子・內儲說上》）

(4) 吾矛之利，於物無不陷也。（《韓非子・難一》）

(5) 以為無益而舍之者，不耘苗者也。（《孟子・公孫丑上》）

3. 下列哪些選項中的「於」與本課的語法點相同？

(1)子魚言於宋公曰：「文王聞崇德亂而伐之，軍三旬而不降。」（《左傳·僖公十九年》）

(2)勞心者治人，勞力者治於人。（《孟子·滕文公上》）

(3)若出於東方，觀兵於東夷，循海而歸，其可也。（《左傳·僖公四年》）

(4)王之臣有託其妻子於其友，而之楚遊者。（《孟子·梁惠王上》）

(5)孔子沐浴而朝，告於哀公曰：「陳恆弒其君，請討之。」（《論語·憲問》）

4. 孔子說的「無違」是什麼意思？

5. 請將課文翻譯成現代語體文。

文化引導

「孝」是儒家的核心精神之一，除了本課之外，《論語》中也記載了其他孔子對於「孝」的詮釋：

> 子曰：「父在，觀其志；父沒，觀其行；三年無改於父之道，可謂孝矣。」
> （《論語・學而》）
> 子曰：「今之孝者，是謂能養。至於犬馬，皆能有養；不敬，何以別乎？」
> （《論語・為政》）

行孝重「禮」重「敬」，而不是物質上的滿足。這是基於對父母發自於內心的尊敬，因而表現於外的合宜行為。行孝的時機也很重要，「樹欲靜而風不止，子欲養而親不待。」說明了「孝」要及時，把握父母健在時實行，而不是等到父母去世後才後悔莫及。此外，流傳至今的《孝經》也是儒家講授「孝」的紀錄。

在中國千年的歷史發展中，也不乏關於「孝子」的故事，後人把這些故事蒐集起來寫成專書《二十四孝》，作為後世的典範，「臥冰求鯉」便是其中一篇。晉朝時有個叫王祥的孝子，他的後母很喜歡吃魚，但是冬天河水都結冰了，抓不到魚，於是王祥脫掉衣服趴在地上，想用體溫來融化冰，上天被他的孝心感動，讓冰面自己裂開了一個洞並跳出兩條鯉魚。

要之，「孝」在中國文化中佔有重要的地位，更是建構家庭倫理的基礎。

1. 請說明文中引自《論語・學而》的句子意思。
2. 根據出自《論語・為政》的引文，孔子是否認為「能養」就是「孝」？為什麼？
3. 請根據「樹欲靜而風不止，子欲養而親不待」來推測「風木之思」的意思，並用「風木之思」造句。
4. 請說說你對「臥冰求鯉」這則故事的看法。
5. 對孔子而言，什麼樣的行為合乎「孝」？你同意嗎？為什麼？

相關成語

樹欲靜而風不止，子欲養而親不待：樹想要靜止，風卻不停地颭動它的枝葉。比喻形勢與自己的願望相違背。多用於感嘆人子希望盡孝時，父母卻已經亡故。

風木之思：比喻父母亡故，兒女不得奉養的悲傷。

---

1 出處：春秋《論語·為政》。

第五課　克己復禮

顏淵問仁。子曰：「克己復禮為仁。一日克己復禮，天下歸仁焉。為仁由己，而由人乎哉？」顏淵曰：「請問其目。」子曰：「非禮勿視，非禮勿聽，非禮勿言，非禮勿動。」顏淵曰：「回雖不敏，請事斯語矣。」[1]

前情提要

《論語・先進》記載了跟從孔子遊於陳國、蔡國的學生們。按各別的專長而言：顏淵、閔子騫、冉伯牛和仲弓長於德行，宰我和子貢善言語，冉有和子路以政事見長，子游和子夏則擅於文學。後世稱其為「孔門十哲」。

課前預習

參考資料

1. 請根據本課參考資料說明禮樂制度與社會階級的關係。

2. 請指出下列句子中的題旨，如不在句內，請補上。
   (1) 克己復禮為仁。一日克己復禮，天下歸仁焉。

   (2) 顏淵曰：「請問其目。」子曰：「非禮勿視，非禮勿聽，非禮勿言，非禮勿動。」

3. 請標示出下列句子的語法點。

(1)為仁由己，而由人乎哉？

(2)回雖不敏，請事斯語矣。

4. 哪些人在對話？他們在談論什麼？

詞語表

文言詞	讀音	詞義解釋	現代關聯詞語
1. 子	zǐ	古代對男子的美稱，多指有學問、道德或地位的人。此處指孔子。	
2. 克	kè	抑制、制服。	克制
3. 復	fù	恢復。	回復
4. 禮	lǐ	古代的禮制、禮節。	禮法
5. 為₁	wéi	是。	止戈為武
6. 天下	tiān xià	全世界。	全天下
7. 歸	guī	歸類為。	歸類
8. 為₂	wéi	做、作為。	為人父母
9. 由	yóu	從。	病由口入
10. 人	rén	其他人。	他人
11. 其	qí	它的。	
12. 目	mù	大綱下的細部分類。	細目
13. 敏	mǐn	靈活、快速。	聰敏
14. 事	shì	實行。	從事
15. 斯	sī	這。	

語法點

1. 句末「矣」：表示論斷或評價。

(1) 夫尹公之他，端人也，其取友必端矣。（《孟子·離婁下》）

(2) 臾駢曰：「使者目動而言肆，懼我也，將遁矣。薄諸河，必敗之。」（《左傳·文公十二年》）

(3) 子曰：「溫故而知新，可以為師矣。」（《論語·為政》）

(4) 子曰：「朝聞道，夕死可矣。」（《論語·里仁》）

(5) 叔孫穆子曰：「楚公子美矣，君哉！」（《左傳·昭公元年》）

2. 句末「乎」：表示詢問。

(1) 有所不安乎？如是，何不相告也？（《戰國策·魏策》）

(2) 當是時也，禹八年於外，三過其門而不入，雖欲耕，得乎？（《孟子·滕文公上》）

(3) 為政不因先王之道，可謂智乎？（《孟子·離婁上》）

(4) 然則子何為使乎？（《晏子春秋·內篇·雜下》）

(5) 吾誰欺？欺天乎？（《論語·子罕》）

3. 句末「哉」：表示情緒反應。

(1) 君曰：「愛我哉，忘其口味，以啗寡人。」（《韓非子·說難》）

(2) 子產曰：「得其所哉！得其所哉！」（《孟子·萬章上》）

(3) 仲尼曰：「善哉！政寬則民慢，慢則糾之以猛。」（《左傳·昭公二十年》）

(4) 共華曰：「二三子皆在而不及，子使於秦，可哉！」（《國語·晉語三》）

(5) 大哉堯之為君也！（《論語·泰伯》）

4. 連詞「而」：連接對照關係的表述成分。

(1) 昔者，聖王之治天下也，參其國而伍其鄙……。（《國語·齊語》）

(2) 于是厚其禮而留其封，敬見不問其道，仲尼乃行。（《晏子春秋·外篇·不合經術者》）

(3)口內味而耳內聲，聲味生氣。（《國語・周語下》）

(4)朝濟而夕設版焉。（《左傳・僖公三十年》）

(5)子曰：「不怨天，不尤人。下學而上達，知我者其天乎！」（《論語・憲問》）

課後測驗

1. 下列哪些選項中的「為」是「做」或「作為」的意思？

 (1)王子狐為質於鄭，鄭公子忽為質於周。（《左傳・隱公三年》）

 (2)三卿為主，可謂眾矣。從之，不亦可乎？（《左傳・成公六年》）

 (3)一舉而攻滎陽，則其國斷而為三。（《戰國策・秦策》）

 (4)此非必貪邯鄲，其意欲求為帝。（《戰國策・趙策》）

 (5)君子三年不為禮，禮必壞；三年不為樂，樂必崩。（《論語・陽貨》）

2. 下列哪些選項中的「矣」與本課的語法點相同？

 (1)其子趨而往視之，苗則槁矣。（《孟子・公孫丑上》）

 (2)楚交成，太子必危矣。（《戰國策・齊策》）

 (3)晉侯在外，十九年矣。（《左傳・僖公二十八年》）

 (4)昔者，趙氏亦嘗強矣。（《戰國策・秦策》）

 (5)君不用臣之計，臣請不敢復見矣。（《戰國策・楚策》）

3. 針對顏淵發問，孔子如何解釋「仁」？

4. 根據課文，應該如何實踐「仁」？

5. 請將下列句子翻譯成現代語體文。

(1)為仁由己，而由人乎哉？

(2)回雖不敏，請事斯語矣。

(3)克己復禮為仁。一日克己復禮，天下歸仁焉。

文化引導

「禮」的概念源自西周時期。周公「制禮作樂」，將人分為不同階級，並且嚴格明定每個階層該遵守的禮儀與舉止。君王希望天下人民能行份內之事，言行要合乎「禮」，不踰越階級，以此安定社會。

孔子身處的春秋末期，社會動盪不安，戰亂頻繁，「克己復禮」是孔子強調，應依「禮」行事，以恢復社會秩序。「仁」也常在《論語》中被提及，但相對於「禮」，「仁」的概念更加抽象。「仁」概指「愛人」，可體現於各種關係中，如朋友間：

> 君子以文會友，以友輔仁。（《論語·顏淵》）

鄰里間：

> 里仁為美。擇不處仁，焉得知？（《論語·里仁》）

或是指個人之於大眾的關係：

> 汎愛眾，而親仁。（《論語·學而》）

孔子將「仁」當作做人處事、判斷他人品行的重要標準。在《論語·八佾》當中，更提到「人而不仁，如禮何？人而不仁，如樂何？」說明以「禮」的節制、「樂」的涵養追求「仁」的修為。

1. 什麼是「禮」？為何孔子要「復禮」？
2. 「仁」的觀念和互動、交際有什麼關聯？
3. 「仁」和「禮」之間有什麼關係？為何孔子認為「克己復禮為仁」？
4. 你的生活中有哪些制度？
5. 你認為制度與品行有關聯性嗎？為什麼？

---

1 出處：春秋《論語·顏淵》。

第六課　揠苗助長

宋人有閔其苗之不長而揠之者，芒芒然歸。謂其人曰：「今日病矣，予助苗長矣。」其子趨而往視之，苗則槁矣。天下之不助苗長者寡矣。以為無益而舍之者，不耘苗者也；助之長者，揠苗者也。非徒無益，而又害之。[1]

課前預習

1. 請根據本課參考資料說明儒家的代表人物及他們各自的主張。

參考資料

2. 請指出下列句子中的題旨，如不在句內，請補上。

(1)宋人有閔其苗之不長而揠之者，芒芒然歸。

(2)天下之不助苗長者寡矣。

3. 請標示出下列句子中的語法點。

(1)其子趨而往視之，苗則槁矣。

(2)助之長者，揠苗者也。

4. 為何宋人要揠苗？

詞語表

文言詞	讀音	詞義解釋	現代關聯詞語
1. 閔	mǐn	憂傷、擔憂。	
2. 其	qí	他的。	
3. 長	zhǎng	生長、發育。	生長、成長
4. 揠	yà	拔。	
5. 芒	máng	昏暗、模糊不清。相當於現代語體文的「茫」。	
6. 然	rán	表示事物或動作的狀態。	悵然、遽然
7. 歸	guī	返、回。	歸國、歸寧
8. 謂	wèi	告訴。	
9. 人	rén	此指家人。	家人
10. 曰	yuē	說。	
11. 病	bìng	身體疲憊、勞累。	
12. 予	yú	說話者指稱自己。	予取予求
13. 子	zǐ	孩子。	子孫、子女
14. 趨	qū	快步走。	
15. 槁	gǎo	枯死。	枯槁
16. 天下	tiān xià	全世界。	全天下
17. 寡	guǎ	少。	多寡
18. 耘	yún	除去雜草。	耕耘
19. 舍	shě	通「捨」。放棄、拋棄。	捨棄
20. 非徒	fēi tú	相當於現代語體文的「不但」。	

語法點

1. A 者－B 也：由「者」註記 A 為題旨，「也」註記 B 為表述，「也」的功能為指認。

(1) 所臨唯信，信者，言之瑞也，善之主也，是故臨之。(《左傳‧襄公九年》)

(2) 孟子對曰：「夫明堂者，王者之堂也。王欲行王政，則勿毀之矣。」(《孟子‧梁惠王下》)

(3) 老子者，楚苦縣厲鄉曲仁里人也。(《史記‧老子韓非列傳》)

(4) 榮成伯曰：「遠圖者，忠也。」(《左傳‧襄公二十八年》)

(5) 一樹一穫者，穀也；一樹十穫者，木也；一樹百穫者，人也。(《管子‧權修》)

2. 連詞「而」：連接表述成分。

a. 時間關係

(1) 今燕虐其民，王往而征之。(《孟子‧梁惠王上》)

(2) 公入而賦：「大隧之中，其樂也融融。」(《左傳‧隱公元年》)

(3) 鄭伯與戰于竟，息師大敗而還。(《左傳‧隱公十一年》)

b. 因果關係

(1) 王曰「何以利吾國」？大夫曰「何以利吾家」？士庶人曰「何以利吾身」？上下交征利而國危矣。(《孟子‧梁惠王上》)

(2) 麑退，……觸槐而死。(《左傳‧宣公二年》)

(3) 聖人不凝滯於物，而能與世推移。(《楚辭‧漁父》)

3. 句末「矣」：表示已經。

(1) 其子趨而往視之，苗則槁矣。(《孟子‧公孫丑上》)

(2) 吾知所過矣。(《左傳‧宣公二年》)

(3) 晉侯在外，十九年矣。(《左傳‧僖公二十八年》)

(4) 臣老矣，不可問也。(《韓非子‧十過》)

(5) 昔者，趙氏亦嘗強矣。(《戰國策‧秦策》)

課後測驗

1. 下列哪些選項中的「予」是「說話者指稱自己」的意思？

   (1)予豈好辯哉？予不得已也。（《孟子‧滕文公下》）

   (2)夫知吾將用之，必不予我矣。（《國語‧齊語》）

   (3)今予問乎若，若知之，奚故不近？（《莊子‧知北遊》）

   (4)夫杞，明王之後也。今宋伐之，予欲救之，其可乎？（《管子‧大匡》）

   (5)不擇人而予之，謂之好人。（《管子‧侈靡》）

2. 下列哪些選項中的「矣」與本課的語法點相同？

   (1)我二十五年矣，又如是而嫁，則就木焉。（《左傳‧僖公二十三年》）

   (2)禍將作矣。齊將伐晉，不可以不懼。（《左傳‧襄公二十二年》）

   (3)君淹恤在外十二年矣，而無憂色，亦無寬言，猶夫人也。（《左傳‧襄公二十六年》）

   (4)師不興，孤不歸矣。（《左傳‧襄公二十六年》）

   (5)孟孫將死矣。吾語諸趙孟之偷也，而又甚焉。（《左傳‧襄公三十一年》）

3. 根據苗的延伸意思，說明「不耘苗」、「揠苗」這些舉動背後的意涵。

4. 請將下列句子翻譯成現代語體文。

   (1)以為無益而舍之者，不耘苗者也；助之長者，揠苗者也。

(2)謂其人曰：「今日病矣，予助苗長矣。」其子趨而往視之，苗則槁矣。

(3)非徒無益，而又害之。

文化引導

《論語・子路》提到「欲速，則不達」，表示太急於完成一件事情，反而無法達標。在本課中，孟子用宋人拔苗的例子，將拔苗後苗長高的假象比喻為虛假的成功，再以苗枯死的結果說明草率行事將無法達成目的。「揠苗助長」及「欲速，則不達」皆說明了求快將無法成功。做事應循序漸進，一步一步確實、認真地做好。

《荀子・勸學》即可說明這個道理：「故不積蹞步，無以致千里；不積小流，無以成江海」。意思是不半步半步地累積，無法到達千里以外；不累積細小的流水，無法成就江海。

從以上敘述看來，行事不求快，為學踏實，才是成功的道理。

1. 何謂「欲速，則不達」？
2. 「揠苗助長」和「欲速，則不達」有何關聯？
3. 「欲速，則不達」與「不積蹞步，無以致千里」有何關聯？
4. 為什麼學習需要「積蹞步以致千里；積小流以成江海」？
5. 請分享一個生活中「欲速，則不達」的經驗。

1　出處：戰國《孟子・公孫丑上》。

第七課　魯侯養鳥

昔者海鳥止於魯郊，魯侯御而觴之于廟，奏九韶以為樂，具太牢以為膳。鳥乃眩視憂悲，不敢食一臠，不敢飲一杯，三日而死。此以己養養鳥也，非以鳥養養鳥也。[1]

課前預習

參考資料

1. 請閱讀本課參考資料後，回答以下問題。

   (1)莊子是「戰國時期」的人，「戰國時期」的生活背景如何？

   (2)你覺得莊子為什麼要主張遵循自然、掌握事物的規律性？

2. 請標示出下列句子中的語法點。

   (1)魯侯御而觴之于廟，奏九韶以為樂，具太牢以為膳。

   (2)鳥乃眩視憂悲，不敢食一臠，不敢飲一杯，三日而死。

3. 請指出下列句子中的題旨，如不在句內，請補上。

　　鳥乃眩視憂悲，不敢食一臠，不敢飲一杯，三日而死。

4. 魯侯用了什麼方式養鳥？

詞語表

文言詞	讀音	詞義解釋	現代關聯詞語
1. 止	zhǐ	停留、停住。	停止
2. 魯	lǔ	魯國。	
3. 郊	jiāo	城市周圍的地區。	郊區、市郊
4. 侯	hóu	中國古代五等爵位之一。五等為公、侯、伯、子、男，侯爵為其中第二等。	
5. 御	yù	駕馭車馬。此處引申為用車子迎接。	御馬
6. 觴	shāng	飲酒。	
7. 之	zhī	指前面出現過的人、事、物。	
8. 廟	miào	古代用來祭祀祖先的屋舍。	宗廟
9. 奏	zòu	吹彈樂器。	演奏、彈奏
10. 九韶	jiǔ sháo	古代音樂名。	
11. 為	wéi	行、作。	為善最樂、事在人為
12. 樂	lè	快樂的事。	樂事
13. 具	jù	準備、設置。	
14. 太牢	tài láo	指古代帝王或諸侯祭祀社稷時，豬、牛、羊三牲齊全的供品。	
15. 膳	shàn	飯食。	早膳、用膳
16. 眩	xuàn	眼睛昏花，看東西晃動不定。	頭暈目眩
17. 食	shí	吃。	發憤忘食、廢寢忘食

文言詞	讀音	詞義解釋	現代關聯詞語
18. 臠	luán	肉塊。	
19. 飲	yǐn	喝。	飲水、飲鴆止渴

語法點

1. 昔者＋事件：表示曾經發生的事。

   (1)昔者有饋生魚於鄭子產。（《孟子‧萬章上》）

   (2)昔者彌子瑕有寵於衛君。（《韓非子‧說難》）

   (3)昔者曾子處費，費人有與曾子同名族者而殺人。（《戰國策‧秦策》）

   (4)昔者大王好色，愛厥妃。（《孟子‧梁惠王上》）

   (5)昔者越國見禍，得罪於天王。（《國語‧吳語》）

2. 連詞「而」：連接表述成分。

   a. 時間關係

   (1)今齊王甚憎張儀，儀之所在，必舉兵而伐之。（《戰國策‧齊策》）

   (2)今燕虐其民，王往而征之。（《孟子‧梁惠王上》）

   b. 限定關係

   (1)太后盛氣而揖之。（《戰國策‧趙策》）

   (2)去柳葉者百步而射之，百發百中。（《戰國策‧西周策》）

   (3)吾嘗終日而思矣，不如須臾之所學也。（《荀子‧勸學》）

   (4)故宋公、陳侯、蔡人、衛人伐鄭，圍其東門，五日而還。（《左傳‧隱公
     四年》）

3. 連詞「乃」：表示結果。

   (1)燕乃伐齊攻晉。（《戰國策‧燕策》）

   (2)越王句踐乃召五大夫。（《國語‧吳語》）

   (3)王乃入命夫人。（《國語‧吳語》）

(4)鮑叔乃告公其故圖。（《管子‧大匡》）

(5)三國敗，諸侯之師乃搖心矣。（《左傳‧昭公二十三年》）

4. 句末「也」：表示指認。

(1)非富天下也，為匹夫匹婦復讎也。（《孟子‧滕文公下》）

(2)不患人之不己知，患不知人也。（《論語‧學而》）

(3)齊侯曰：「大夫之許，寡人之願也；若其不許，亦將見也。」（《左傳‧成公二年》）

課後測驗

1. 請指出下列選項中「而」的功能。

(1)今燕虐其民，王往而征之。（《孟子‧梁惠王上》）

(2)吾嘗終日而思矣，不如須臾之所學也。（《荀子‧勸學》）

(3)公入而賦：「大隧之中，其樂也融融。」（《左傳‧隱公元年》）

(4)子路率爾而對曰……。（《論語‧先進》）

(5)鄭伯與戰于竟，息師大敗而還。（《左傳‧隱公十一年》）

2. 下列哪些選項中的「乃」與本課的語法點相同？

(1)越王句踐乃召五大夫。（《國語‧吳語》）

(2)乃若所憂則有之：舜人也，我亦人也。舜為法於天下，可傳於後世，我由未免為鄉人也，是則可憂也。（《孟子‧離婁下》）

(3)三國敗，諸侯之師乃搖心矣。（《左傳‧昭公二十三年》）

(4)王乃待天下之攻函谷，不亦遠乎？（《戰國策‧燕策》）

3. 下列哪些選項中的「也」與本課的語法點不同？

(1)一樹一穫者，穀也；一樹十穫者，木也；一樹百穫者，人也。（《管子‧權修》）

(2)聖人之興也，不相襲而王。（《戰國策‧趙策》）

(3) 恭近於禮，遠恥辱也。（《論語・學而》）

(4) 惡之易也，如火之燎于原。（《左傳・隱公六年》）

(5) 不患人之不己知，患不知人也。（《論語・學而》）

4. 根據課文，莊子認為養鳥應該怎麼做？

5. 請將下列句子翻譯成現代語體文。

(1) 鳥乃眩視憂悲，不敢食一臠，不敢飲一杯，三日而死。

(2) 此以己養養鳥也，非以鳥養養鳥也。

文化引導

莊子是戰國時代道家學派著名的代表人物。莊子認為做事、治國需遵循自然天性。這篇文章強調做事不應違逆自然，文中魯侯養鳥的方式是「以己養養鳥也，非以鳥養養鳥也」，因為魯侯養鳥時沒考慮到鳥的天性，而導致鳥死亡，這就是做事未遵循自然規律會產生的結果。

《莊子·養生主》有另一則寓言故事〈庖丁解牛〉，說明亂世中遵循自然規律做事的道理。廚師庖丁為文惠君殺牛，分解牛體時發出的骨肉分離的聲音與快速進刀的聲音，合於《桑林》舞曲的節拍，又與《經首》的韻律相呼應。於是文惠君問庖丁如何練就如此高超的技術，庖丁回答，他關心的是事物運作的原理，而不是特定的技術。他解牛時不靠眼睛看，是靠著精神行動，用「依乎天理，批大郤，導大窾」的方式，順著牛肉的紋理、牛體的自然構造去運刀。牛的骨節有間隙，而刀刃幾乎沒有厚度，那麼他的刀必然有充裕的空間移動，不會與牛的筋脈、骨骼碰撞，因此一把刀用了十九年，還像是新磨的一樣。庖丁的刀如同生命的主體，牛是人生中遇到的問題，在處理問題上，我們應該遵循自然天性，才能保護自己不受傷害。

1. 根據文章，庖丁解牛的技術是如何比他人更好的？
2. 根據文章，莊子認為做事應該有什麼樣的態度？
3. 根據課文及文章，莊子舉了哪兩個例子說明於亂世中如何保護自己？
4. 你認同莊子的想法嗎？你認為在亂世中應該抱有怎樣的態度？
5. 請舉出一個生活中與「魯侯養鳥」這個概念有關的例子。

---

1 出處：戰國《莊子·至樂》。

第八課　推己及人

〔孟子〕曰：「挾太山以超北海，語人曰『我不能』，是誠不能也。為長者折枝，語人曰『我不能』，是不為也，非不能也。故王之不王，非挾太山以超北海之類也；王之不王，是折枝之類也。老吾老，以及人之老；幼吾幼，以及人之幼。天下可運於掌。」[1]

課前預習

1. 利用書籍或網路資源，查一查以下問題。

　(1)《孟子》是語錄體，什麼是語錄體？

　(2)《孟子》在儒家文獻中有何重要性？

2. 請標示出下列句子中的名詞和動詞。

　(1)故王之不王，非挾太山以超北海之類也；王之不王，是折枝之類也。

　(2)老吾老，以及人之老；幼吾幼，以及人之幼。天下可運於掌。

3. 請標示出下列句子中的語法點。

　　〔孟子〕曰：「挾太山以超北海，語人曰『我不能』，是誠不能也。為長者折枝，語人曰『我不能』，是不為也，非不能也。故王之不王，非挾太山以超北海之類也；王之不王，是折枝之類也。老吾老，以及人之老；幼吾幼，以及人之幼。天下可運於掌。」

4. 請指出下列句子中的題旨，如不在句內，請補上。

　　〔孟子〕曰：「挾太山以超北海，語人曰『我不能』，是誠不能也。為長者折枝，語人曰『我不能』，是不為也，非不能也。故王之不王，非挾太山以超北海之類也；王之不王，是折枝之類也。老吾老，以及人之老；幼吾幼，以及人之幼。天下可運於掌。」

5. 孟子如何說明「不能」和「不為」的差別？

詞語表

文言詞	讀音	詞義解釋	現代關聯詞語
1. 挾	xié	夾在腋下、懷夾。	挾持
2. 超	chāo	跳上、跨過。	
3. 語	yù	告訴。	不以語人
4. 曰	yuē	說。	
5. 是	shì	這個。	是日、是夜
6. 誠	chéng	的確、確實。	誠然
7. 為₁	wèi	替、給。	為民服務、為國爭光

文言詞	讀音	詞義解釋	現代關聯詞語
8. 為₂	wéi	行、作。	事在人為、與人為善
9. 非	fēi	不。	非法、非凡
10. 故	gù	所以、因此。	故此、故而
11. 類	lèi	由許多相同或相似的人事物綜合而歸屬成的種別。	類別
12. 老	lǎo	尊敬。	
13. 及	jí	牽涉、發生關係。	涉及、言不及義
14. 幼	yòu	愛護兒童。	
15. 運	yùn	運行。	運行、運轉

語法點

1. 某人＋「語」＋某人＋曰：告訴。

(1) 出，語人曰：「望之不似人君，就之而不見所畏焉。」（《孟子‧梁惠王上》）

(2) 尹士語人曰：「不識王之不可以為湯武，則是不明也。」（《孟子‧公孫丑下》）

(3) 孔子謂冉子曰：「治民者，先富之而後加教。」語樊遲曰：「治身者，先難後獲。」（《春秋繁露‧仁義法》）

2. 是－B也：「是」為題旨，B為表述。

(1) 知之為知之，不知為不知，是知也。（《論語‧為政》）

(2) 君臣皆獄，父子將獄，是無上下也。（《國語‧周語中》）

(3) 其所善者，吾則行之；其所惡者，吾則改之，是吾師也。（《左傳‧襄公三十一年》）

(4) 今男女同贄，是無別也。（《左傳‧莊公二十四年》）

(5) 若棄德不讓，是廢先君之舉也。（《左傳‧隱公三年》）

3. 非 B ＋也：「也」指認「非 B」為真。

(1)今京不度，非制也，君將不堪。（《左傳・隱公元年》）

(2)市，朝則滿，夕則虛，非朝愛市而夕憎之也。（《戰國策・齊策》）

(3)以力服人者，非心服也，力不贍也。（《孟子・公孫丑下》）

(4)不勝其爵而處其祿，非此祿之主也。（《墨子・親士》）

4. 連詞「以」：相當於「而」。

(1)褚師段逆之以受享，賦常棣之七章以卒。（《左傳・襄公二十年》）

(2)季康子問：「使民敬、忠以勸，如之何？」（《論語・為政》）

(3)瞻望弗及，佇立以泣。（《詩經・邶風・燕燕》）

(4)亡國之音哀以思，其民困。（《禮記・樂記》）

(5)夫夷以近，則遊者眾；險以遠，則至者少。（王安石〈遊褒禪山記〉）

課後測驗

1. 請圈出與「」中意思相近的選項。

　(1)非挾太山以超北海之「類」也：人類　類似

　(2)語人曰我不能，是不「為」也：為非作歹　因為　為什麼

　(3)「故」王之不王：故鄉　緣故　故而

　(4)老吾老，以「及」人之老：及時　波及　以及

　(5)天下可「運」於掌：運送　運筆　運行

2. 根據本課，「王之不王」是什麼原因造成的？如何使「天下運於掌」？

3. 請將下列句子翻譯成現代語體文。

(1)挾太山以超北海，語人曰「我不能」，是誠不能也。為長者折枝，語人曰
「我不能」，是不為也，非不能也。

(2)故王之不王，非挾太山以超北海之類也；王之不王，是折枝之類也。老吾
老，以及人之老；幼吾幼，以及人之幼。天下可運於掌。

4. 請標示出下列句子中本課的語法點，並嘗試翻譯整句。

(1)以子之所長，游於不用之國，欲使無窮，其可得乎？（《韓非子‧說林上》）

(2)知之為知之，不知為不知，是知也。（《論語‧為政》）

(3)使公子馮出居於鄭。（《左傳‧隱公三年》）

文化引導

「仁」是儒家思想的核心。在《論語》中對「仁」有以下的記錄：

> 樊遲問仁。子曰：「愛人。」（《論語·顏淵》）
> 顏淵問仁。子曰：「克己復禮為仁。一日克己復禮，天下歸仁焉。」（《論語·顏淵》）

這是孔子學說中「仁」的兩種主要論述：一為「愛人」，是一種對待他人的態度，比如慈、孝、友、悌就是「仁」在父母、子女等不同倫理關係間的展現；一為「克己復禮」，是一種自處的態度，指的是克制私欲，以禮約束自己，從而在自身上展現「仁」。

孟子在此學說上進一步推進，把以上「仁」的內涵從個人、家庭擴大到整個社會國家，主張施行「仁政」，即以仁慈寬厚的政策對待人民。而要實行仁政，為政者首要做到的便是「推恩」、「推己及人」，也就是本課所提到的「老吾老，以及人之老；幼吾幼，以及人之幼」。

1. 孔子如何解釋「仁」？
2. 「仁」的範圍是如何不斷擴大的？
3. 你如何理解「推己及人」？
4. 你如何理解「老吾老，以及人之老；幼吾幼，以及人之幼」？
5. 從你所知的歷史來看，「能推恩者得民心」是否成立？說說你的看法。

相關成語

推己及人：由自己推想到別人。指設身處地為他人著想。

例句：你不喜歡別人將垃圾倒在你家門口，就不要把垃圾丟在別人家門前，這便是推己及人的道理。

練習：請以此成語造一個句子。

1　出處：戰國《孟子·梁惠王上》。

第九課　何謂忠臣

魯陽文君謂子墨子曰：「有語我以忠臣者，令之俯則俯，令之仰則仰，處則靜，呼則應，可謂忠臣乎？」子墨子曰：「令之俯則俯，令之仰則仰，是似景也。處則靜，呼則應，是似響也。君將何得於景與響哉？」[1]

課前預習

1. 請標示出下列句子中的語法點。

   (1)魯陽文君謂子墨子曰：「有語我以忠臣者，……。」

   (2)令之俯則俯，令之仰則仰，是似景也。處則靜，呼則應，是似響也。

2. 請指出下列句子中的題旨，如不在句內，請補上。

   (1)令之俯則俯，令之仰則仰，是似景也。

   (2)處則靜，呼則應，是似響也。

3. 墨子認為「令之俯則俯，令之仰則仰」的人可以稱作是忠臣嗎？

詞語表

文言詞	讀音	詞義解釋	現代關聯詞語
1. 君₁	jūn	封建時代的一國之主。	君王、國君
2. 謂₁	wèi	告訴。	
3. 子₁	zǐ	敬稱，我的老師。	
4. 子₂	zǐ	對男子的美稱，多指有學問、道德或地位的人。姓氏＋子。	孔子、孟子
5. 語	yù	告訴。	不以語人
6. 忠	zhōng	盡心誠意待人處事的美德。	忠心、盡忠報國
7. 臣	chén	君王時代的官吏。	大臣、臣服
8. 令	lìng	命令。	命令、下令
9. 之	zhī	指前面出現過的人、事、物。	
10. 處	chǔ	存在、置身。	處世
11. 靜	jìng	安定。	平靜、冷靜
12. 呼	hū	招、喚。	呼朋引伴、呼喚
13. 應	yìng	回答。	回應、呼應
14. 謂₂	wèi	稱呼、叫做。	
15. 似	sì	相像。	好似、恰似
16. 景	yǐng	同「影」。影子。	
17. 響	xiǎng	回聲。	反響、回響
18. 君₂	jūn	尊稱。	
19. 何	hé	什麼。	何人、為何
20. 得	dé	獲、取。	獲得、得到

語法點

1. 某人＋「謂」＋某人＋曰：告訴。

(1)少師謂隨侯曰：「必速戰。不然，將失楚師。」（《左傳‧桓公八年》）

(2)秦伯謂郤芮曰：「公子誰恃？」（《左傳‧僖公九年》）

(3)子謂冉有曰：「女弗能救與？」對曰：「不能。」（《論語‧八佾》）

(4)子謂子夏曰：「女為君子儒，無為小人儒。」（《論語‧雍也》）

(5)孟子謂齊宣王曰：「王之臣有託其妻子於其友，而之楚遊者。比其反也，則凍餒其妻子，則如之何？」（《孟子‧梁惠王上》）

2. 是－B也：「是」為題旨，B為表述。

(1)為人臣常譽先王之德厚而願之，是誹謗其君者也。（《韓非子‧忠孝》）

(2)不友諸侯者，是望不得而使也。（《韓非子‧外儲說右上》）

(3)至於聲，天下期於師曠，是天下之耳相似也。（《孟子‧告子上》）

(4)齊以四國敵秦，是齊不窮也。（《戰國策‧韓策》）

(5)若棄德不讓，是廢先君之舉也。（《左傳‧隱公三年》）

3. 句末「乎」：表示詢問。

(1)子產之治，不亦多事乎？（《韓非子‧難三》）

(2)三人言市有虎，王信之乎？（《韓非子‧內儲說上》）

(3)古之人有言：曰事之云乎，豈曰友之云乎？（《孟子‧萬章下》）

(4)然則子何為使乎？（《晏子春秋‧內篇‧雜下》）

(5)吾誰欺？欺天乎？（《論語‧子罕》）

4. 句末「哉」：表示情緒反應。

(1)晉，吾宗也，豈害我哉？（《左傳‧僖公五年》）

(2)此其君之欲得也，其民力竭也，安猶取哉？（《戰國策‧燕策》）

(3) 夫既或治之，予何言哉？（《孟子‧公孫丑下》）

(4) 當是時也，危哉，天下岌岌！有道者，父固不得而子，君固不得而臣也。
（《韓非子‧忠孝》）²

(5) 共華曰：「二三子皆在而不及，子使於秦，可哉！」（《國語‧晉語三》）

5. **並列關係：把性質或語義分量相當的成分平行鋪排，形成比較或對照。**

(1) 生，亦我所欲也；義，亦我所欲也。（《孟子‧告子下》）

(2) 學而時習之，不亦說乎？有朋自遠方來，不亦樂乎？人不知而不慍，不亦
君子乎？（《論語‧學而》）

(3) 木受繩則直，金就礪則利，君子博學而日參省乎己，則知明而行無過矣。
（《荀子‧勸學》）

(4) 一年之計，莫如樹穀；十年之計，莫如樹木；終身之計，莫如樹人。（《管
子‧權修》）

(5) 一樹一穫者，穀也；一樹十穫者，木也；一樹百穫者，人也。（《管子‧
權修》）

課後測驗

1. 下列哪些選項中的「之」與本課「令之俯則俯，令之仰則仰」的「之」功能
不同？
   (1) 生，事之以禮；死，葬之以禮，祭之以禮。（《論語‧為政》）
   (2) 宣子驟諫，公患之，使鉏麑賊之。（《左傳‧宣公二年》）
   (3) 不忘恭敬，民之主也。（《說苑‧立節》）
   (4) 故王之不王，非挾太山以超北海之類也。（《孟子‧梁惠王上》）
   (5) 使弈秋誨二人弈，其一人專心致志，惟弈秋之為聽。（《孟子‧告子上》）

2. 請指出本課中所有並列的句子。

3. 墨子認同魯陽文君所謂的「忠臣」嗎？你同意嗎？為什麼？對你而言什麼是
「忠臣」？

4. 請將本課翻譯成現代語體文。

文化引導

何謂「忠」？《論語・公冶長》中有一段記載：

> 子張問曰：「令尹子文三仕為令尹，無喜色；三已之，無慍色。舊令尹之政，必以告新令尹。何如？」子曰：「忠矣。」

此處的「忠」指的是為人誠懇（不論是對家人朋友或是國家君王），以及盡心盡力做好本分的事，「忠」後來成為儒家思想的核心之一。

墨家的代表人物墨子認為作為忠臣應該在國君有過錯時，把握時機加以勸說；當自己有好的見解時，則要向國君報告。對墨子而言，所謂的忠臣就應該負責承擔憂心的事情，好讓美善的德行存在於上級，那麼國家就可以安樂。

關於「忠」與當時的君臣之間的關係，也可見於《論語・八佾》：

> 定公問：「君使臣，臣事君，如之何？」孔子對曰：「君使臣以禮，臣事君以忠。」

「忠」的意義後來在歷史上逐漸發展為臣民片面地服從君主，進而形成一股維持國家政權的力量，後來更發展出「盡忠報國」、「忠臣不事二君」等相關詞語來形容這樣的行為。

1. 請說明文中出自《論語・八佾》的引文意思。
2. 請描述「盡忠報國」、「忠臣不事二君」的行為。
3. 「忠」的意義在歷史上有什麼變化？
4. 什麼是「忠」？你認為「忠」是一種美德嗎？為什麼？
5. 中國歷代設有「忠烈祠」，請推測「忠烈祠」祭祀的對象是誰？在你的文化中有相似的概念嗎？

1　出處：春秋末《墨子・魯問》。
2　文字及標點依陳奇猷，《韓非子新校注》（上海：上海古籍出版社，2000 年），頁 1153。

第十課　墨子貴義

子墨子自魯即齊，過故人，謂子墨子曰：「今天下莫為義，子獨自苦而為義，子不若已。」子墨子曰：「今有人於此，有子十人，一人耕而九人處，則耕者不可以不益急矣。何故？則食者眾而耕者寡也。今天下莫為義，則子如勸我者也，何故止我？」[1]

課前預習

1. 請閱讀以下引文，試著說明墨子所堅持的「義」是什麼。

   《墨子‧貴義》：「凡言凡動，利於天鬼百姓者為之；凡言凡動，害於天鬼百姓者舍之；凡言凡動，合於三代聖王堯舜禹湯文武者為之；凡言凡動，合於三代暴王桀紂幽厲者舍之。」

   言行舉止，凡是對天、鬼、百姓有利的就去做；言行舉止，凡是對天、鬼、百姓有害的就捨棄；言行舉止，凡是與三代聖王堯、舜、禹、湯、周文王、周武王相同的就去做；言行舉止，凡是與三代暴王夏桀、商紂、周幽王、周厲王相同的就捨棄。

2. 課文中「何故」問的事情是什麼？

3. 請指出下列句子中的題旨，如不在句內，請補上。

子墨子自魯即齊，過故人，謂子墨子曰：「今天下莫為義，子獨自苦而為義，子不若已。」

4. 墨子為什麼和朋友見面？

詞語表

文言詞	讀音	詞義解釋	現代關聯詞語
1. 子₁	zǐ	對男子的美稱，多指有學問、道德或地位的人。	孔子
2. 自₁	zì	從，表示來源。	來自、自從
3. 即	jí	接近、往。	
4. 過	guò	拜訪。	
5. 故人	gù rén	老朋友、舊識。	
6. 今	jīn	現在的、當前的。	現今、當今
7. 天下	tiān xià	全世界。	全天下
8. 莫	mò	表示沒有誰、沒有什麼、沒有哪裡。此指沒有人。	
9. 為	wéi	行、作。	見義勇為
10. 義	yì	正道、正理。	正義
11. 獨	dú	獨自一人。	孤獨
12. 自₂	zì	己身。	自言自語
13. 苦	kǔ	受累、為難。	受苦
14. 若	ruò	及、比得上。	
15. 已	yǐ	停止。	死而後已、不已
16. 子₂	zǐ	兒女。	虎父無犬子、母子
17. 耕	gēng	犁田、種植。	耕種、農耕
18. 處	chù	居住、止息。	

文言詞	讀音	詞義解釋		現代關聯詞語
19. 益	yì	更加。		精益求精、老當益壯
20. 故	gù	原因。		緣故
21. 眾	zhòng	許多的。		眾多
22. 寡	guǎ	少的。		寡不敵眾、沉默寡言
23. 如	rú	相當於「還不如」。		
24. 勸	quàn	鼓勵。		勸勉
25. 止	zhǐ	阻擋。		阻止

語法點

1. 某人＋「謂」＋某人＋曰：告訴。

(1) 雍姬知之，謂其母曰：「父與夫孰親？」（《左傳‧桓公十五年》）

(2) 夫差使人立於庭，苟出入，必謂己曰：「夫差！而忘越王之殺而父乎？」（《左傳‧定公十四年》）

(3) 文公欲弛孟文子之宅，使謂之曰：「吾欲利子於外之寬者。」（《國語‧魯語上》）

(4) 秦伯謂其大夫曰：「為禮而不終，恥也。」（《國語‧晉語四》）

(5)〔鄒忌〕朝服衣冠窺鏡，謂其妻曰：「我孰與城北徐公美？」（《戰國策‧齊策》）

2. 介詞「於」：表示處所或範圍。

(1) 鳥獸之肉不登於俎，皮革、齒牙、骨角、毛羽不登於器。（《左傳‧隱公五年》）

(2) 冬，京師來告饑，公為之請糴於宋、衛、齊、鄭，禮也。（《左傳‧隱公六年》）

(3) 韓卒之劍戟，皆出於冥山、棠谿、墨陽、合伯膊。（《戰國策‧韓策》）

(4) 秦之攻燕也，戰於千里之外；趙之攻燕也，戰於百里之內。（《戰國策‧

燕策》）

(5)子貢曰：「有美玉於斯，韞匵而藏諸？求善賈而沽諸？」（《論語·子罕》）

3. 何故：詢問原因，相當於「為什麼」。

(1)告之以臨民，教之以軍旅，不共是懼，何故廢乎？（《左傳·閔公二年》）

(2)以君辟臣，辱也；且楚師老矣，何故退？（《左傳·僖公二十八年》）

(3)己則無禮，而討於有禮者，曰：「女何故行禮？」（《左傳·文公十五年》）

(4)國有大令，何故犯之？（《國語·晉語八》）

(5)程子曰：「非儒，何故稱於孔子也？」（《墨子·公孟》）

4. 連詞「則」：

a. 正接關係（相當於「就」或「就是」）

(1)孔子曰：「吾聞宥坐之器者，虛則欹，中則正，滿則覆。」（《荀子·宥坐》）

(2)有語我以忠臣者，令之俯則俯，令之仰則仰。（《墨子·魯問》）

b. 時間關係（相當於「結果」）

(1)范氏之亡也，百姓有得鍾者，欲負而走，則鍾大不可負，以椎毀之，鍾況然有音，恐人聞之而奪己也，遽揜其耳。（《呂氏春秋·不苟論·自知》）

c. 推論關係（相當於「那麼」）

(1)不專心致志，則不得也。（《孟子·告子上》）

(2)宣子曰：「我若受秦，秦則賓也；不受，寇也。」（《左傳·文公七年》）

(3)臣觀吳王之色，類有大憂，小則嬖妾、嫡子死，不則國有大難；大則越入吳。（《國語·吳語》）

(4)若隨此計而行之，則兩國者必為天下笑矣。（《戰國策·秦策》）

課後測驗

1. 下列哪些選項中的「即」與本課「子墨子自魯即齊」的意思相同？

    (1) 項羽晨朝上將軍宋義，即其帳中斬宋義頭。（《史記‧項羽本紀》）

    (2) 寡人即不起此病，吾將焉致乎魯國？（《春秋公羊傳‧莊公三十二年》）

    (3) 瞽告有協風至，王即齋宮。（《國語‧周語上》）

    (4) 虎將即禽，禽不知虎之即己也，而相鬥兩罷，而歸其死於虎。（《戰國策‧趙策》）

    (5) 是故退睹其萬民，飢即食之，寒即衣之，疾病侍養之，死喪葬埋之。（《墨子‧兼愛下》）

2. 下列哪些選項中的「謂」與本課的語法點相同？

    (1) 宋宣公可謂知人矣。（《左傳‧隱公三年》）

    (2) 誰謂雀無角？何以穿我屋？誰謂女無家？何以速我獄？（《詩經‧召南‧行露》）

    (3) 公曰：「何謂忠、貞？」（《左傳‧僖公九年》）

    (4) 嬰夢天使謂己：「祭余，余福女。」（《左傳‧成公五年》）

    (5) 里克笑曰：「何謂苑？何謂枯？」（《國語‧晉語二》）

3. 請說出文中三個「則」是什麼意思？

    (1) 一人耕而九人處，「則」耕者不可以不益急矣。

    (2) 何故？「則」食者眾而耕者寡也。

    (3) 今天下莫為義，「則」子如勸我者也，何故止我？

4. 墨子的朋友給墨子什麼建議？他為什麼提出這樣的建議？

5. 墨子接受朋友的建議嗎？為什麼？

6. 請將下列句子翻譯成現代語體文。

今有人於此，有子十人，一人耕而九人處，則耕者不可以不益急矣。何故？
則食者眾而耕者寡也。

文化引導

《禮記·中庸》：「義者，宜也。」[2] 所謂的義，最普遍的意思就是做出合宜的行為，但是各家對於義的想法不完全相同。儒家將「義」和「利」當作兩種對立的標準，「義」之所以重要，就是為了讓人們不受到利益的誘惑而見風轉舵。

《荀子·榮辱》：「義之所在，不傾於權，不顧其利，舉國而與之不為改視，重死持義而不橈，是士君子之勇也。」荀子認為「義」體現於在權力、利益面前也不會動搖自己的原則。

《孟子·梁惠王上》：「苟為後義而先利，不奪不饜。未有仁而遺其親者也，未有義而後其君者也。王亦曰仁義而已矣，何必曰利？」孟子對梁惠王說，如果將利擺在義之前，則人們就會不斷地爭奪更多利益，而無視於君親。

然而，墨子不像儒家一樣將「義」和「利」當成對比的兩端，而是將它們聯繫起來。

《墨子·貴義》：「凡言凡動，利於天鬼百姓者為之；凡言凡動，害於天鬼百姓者舍之；凡言凡動，合於三代聖王堯舜禹湯文武者為之；凡言凡動，合於三代暴王桀紂幽厲者舍之。」墨子認為義即是對天、鬼、百姓有利的言語和行為，也就是說，墨子眼中的「利」不是個人的小利，而是群體的最大利益，符合這種利的行為，就是「義」。

1. 請用自己的話區別儒家和墨家的「義」和「利」。
2. 儒家和墨家對「義」的看法有什麼共同之處？
3. 儒家和墨家的「義」，哪一種更能夠說服你？請說說你的想法。
4. 按照儒家的觀點，「義」是比「利」更重要的價值。請試著分享自己曾經遇過或是聽過的「義行」事蹟。
5. 在你的文化中，有什麼詞語與「義」相似？

1　出處：春秋末《墨子・貴義》。
2　文字標點依（漢）鄭玄注，（唐）孔穎達疏，李學勤主編，《禮記正義》（臺北：臺灣古籍出版社，2001 年），卷 52，頁 1683。

第十一課　刻舟求劍

楚人有涉江者，其劍自舟中墜於水，遽契其舟曰：「是吾劍之所從墜。」舟止，從其所契者入水求之。舟已行矣，而劍不行，求劍若此，不亦惑乎？以此故法為其國與此同。時已徙矣，而法不徙，以此為治，豈不難哉？[1]

課前預習

1. 請利用書籍或網路資源，查一查以下問題。

    (1) 《呂氏春秋》一書的特色是什麼？

    (2) 《呂氏春秋》的成書目的是什麼？

2. 請標示出下列句子中的名詞和動詞。

    (1) 楚人有涉江者，其劍自舟中墜於水，遽契其舟曰：「是吾劍之所從墜。」

    (2) 舟止，從其所契者入水求之。舟已行矣，而劍不行，求劍若此，不亦惑乎？

3. 請標示出下列句子中的語法點。

舟已行矣，而劍不行，求劍若此，不亦惑乎？以此故法為其國與此同。時已徙矣，而法不徙，以此為治，豈不難哉？

4. 請指出下列句子中的題旨，如不在句內，請補上。

(1) 楚人有涉江者，其劍自舟中墜於水。

(2) 是吾劍之所從墜。

5. 請回答下列問題。

(1) 楚人在劍掉進水裡後，做了什麼事？

(2) 最後作者把刻舟求劍和什麼事情對比？

詞語表

文言詞	讀音	詞義解釋	現代關聯詞語
1. 涉	shè	乘船渡水。	跋涉
2. 其	qí	他的。	順其自然
3. 舟	zhōu	船。	獨木舟、泛舟
4. 墜	zhuì	掉落、落下。	墜落、下墜
5. 遽	jù	急忙、迫促。	遽然、匆遽
6. 契	qì	用刀雕刻。	
7. 曰	yuē	說。	
8. 是	shì	此。	是日
9. 吾	wú	我的。	吾輩
10. 求	qiú	找尋、探索、設法得到。	尋求、探求
11. 之	zhī	指前面出現過的人、事、物。	置之不理
12. 行	xíng	移動、流動。	行走、行軍
13. 若	ruò	似、好像。	若有似無
14. 惑	huò	糊塗、令人不解。	困惑、迷惑
15. 故	gù	過去的、原來的。	故事、故鄉
16. 為	wéi	治理、管理。	
17. 徙	xǐ	遷移、移轉。	遷徙
18. 治	zhì	管理、統理。	統治、治理

語法點

1. 有 X 者－表述：引介人物並加以表述。

(1)人有畏影惡跡而去之走者，舉足愈數而跡愈多，走愈疾而影不離身，自以為尚遲，疾走不休，絕力而死。（《莊子‧漁父》）

(2)古之人有行之者，武王是也。（《孟子‧梁惠王下》）

(3)人有酤酒者，為器甚潔清，置表甚長，而酒酸不售，問之里人其故。（《晏子春秋‧內篇‧問上》）

(4)孔子對曰：「有顏回者好學，不幸短命死矣！」（《論語・先進》）

(5)齊有善相狗者，其鄰假以買取鼠之狗，朞年乃得之。（《呂氏春秋・士容論・士容》）

2. 句末「矣」：表示已經。

(1)其子趨而往視之，苗則槁矣。（《孟子・公孫丑上》）

(2)曰：「吾聞楚有神龜，死已三千歲矣，王巾笥而藏之廟堂之上。」（《莊子・秋水》）

(3)衛國褊小，老夫耄矣，無能為也。（《左傳・隱公四年》）

(4)晉侯在外，十九年矣。（《左傳・僖公二十八年》）

(5)潘黨望其塵，使騁而告曰：「晉師至矣！」（《左傳・宣公十二年》）

3. 不亦＋X＋乎：表示委婉強調。

(1)王乃待天下之攻函谷，不亦遠乎？（《戰國策・燕策》）

(2)仁以為己任，不亦重乎？死而後已，不亦遠乎？（《論語・泰伯》）

(3)如其善而莫之違也，不亦善乎？（《論語・子路》）

(4)夫子之云，不亦宜乎！（《論語・子張》）

(5)我欲行禮，子教以我為簡，不亦異乎？（《孟子・離婁下》）

4. 豈＋X＋哉：帶有情緒的反問。

(1)晉，吾宗也，豈害我哉？（《左傳・僖公五年》）

(2)我實不德，而要人以盟，豈禮也哉？非禮，何以主盟？（《左傳・襄公九年》）

(3)予豈好辯哉？予不得已也。（《孟子・滕文公下》）

(4)雖有臺池鳥獸，豈能獨樂哉？（《孟子・梁惠王上》）

(5)周君豈能無愛國哉？（《戰國策・西周策》）

課後測驗

1. 請圈出與「」中意思相近的選項。

   (1) 楚人有「涉」江者：干涉　跋山涉水　涉險

   (2) 是吾劍之所從「墜」：墜地　玉墜

   (3) 以此「故」法為其國：事故　故國　故意

   (4) 以此故法為「其」國：其實　自圓其說　尤其

2. 這個故事有什麼寓意？

3. 請將下列句子翻譯成現代語體文。

   (1)是吾劍之所從墜。

   (2)舟止，從其所契者入水求之。

   (3)舟已行矣，而劍不行，求劍若此，不亦惑乎？以此故法為其國與此同。時
   已徙矣，而法不徙，以此為治，豈不難哉？

4. 請標示出下列句子中本課的語法點，並嘗試翻譯整句。

   (1)晉人有馮婦者，善搏虎，卒為善士。（《孟子・盡心下》）

(2)周君豈能無愛國哉？（《戰國策・西周策》）

(3)昔者楚靈王好士細要，故靈王之臣皆以一飯為節。（《墨子・兼愛中》）

(4)吾知所過矣。（《左傳・宣公二年》）

(5)學而時習之，不亦說乎？有朋自遠方來，不亦樂乎？人不知而不慍，不亦
君子乎？（《論語・學而》）

文化引導

在課前預習中，我們了解到《呂氏春秋》是一本匯集先秦各家學說的雜集，現在回歸到本課的文化關鍵詞「治國」，各個學派之間又對此執什麼看法呢？

事實上，當時的中國雖然戰亂頻仍，民生凋敝，在學術思想上卻呈現出「百家爭鳴」的繁榮景象，「九流十家」紛紛在此時嶄露頭角，提出各自的政治主張並互有論戰。不過，雖然學說繁多，在這之中真正被後世君王採用作為治理之術，且對中國文化產生重大影響的，主要只有儒家、法家和道家。

儒家提出仁、義、禮、智、信、忠、孝、悌等主張，並清楚劃分君臣、父子、夫婦、長幼的階級，奠定社會之綱常；法家從統治者的角度出發，主張君主專制，強調中央集權，以嚴刑峻法治國；道家的主要思想則是無為而治、順其自然，體現在治國上，就是不對社會進行過多干預，發揮人民自身的創造力，實現自治。

1. 請解釋「百家爭鳴」、「九流十家」。
2. 先秦的哪些學派對中國文化產生了重大影響？請說說你的想法。
3. 請選擇一個先秦學說對於「治國」的看法分享給大家。
4. 現代政治領袖仍有「刻舟求劍」的現象嗎？「刻舟求劍」帶給人民什麼樣的困境？
5. 你認為一個國家或政府如何才能避免「刻舟求劍」？

相關成語

刻舟求劍：比喻拘泥固執，不知變通。

例句：處理事情要針對不同狀況提出適當的因應措施，絕不能刻舟求劍，不知變通。

練習：請以此成語造一個句子。

1　出處：戰國《呂氏春秋‧慎大覽‧察今》。

第十二課　自相矛盾

楚人有鬻楯與矛者，譽之曰：「吾楯之堅，莫能陷也。」又譽其矛曰：「吾矛之利，於物無不陷也。」或曰：「以子之矛陷子之楯，何如？」其人弗能應也。夫不可陷之楯與無不陷之矛，不可同世而立。[1]

課前預習

1. 請閱讀本課參考資料後，說明韓非與法家的關係及其思想內容。

參考資料

2. 請標示出文中的名詞和動詞。

3. 請標示出下列句子中的語法點。
   (1) 楚人有鬻楯與矛者。

   (2) 以子之矛陷子之楯，何如？

4. 請指出下列句子中的題旨，如不在句內，請補上。

(1)吾楯之堅，莫能陷也。

(2)夫不可陷之楯與無不陷之矛，不可同世而立。

5. 賣楯和矛的楚人在言語上發生了什麼邏輯錯誤？

詞語表

文言詞	讀音	詞義解釋	現代關聯詞語
1. 鬻	yù	賣。	
2. 楯	shǔn	通「盾」。古代用來抵禦敵人兵刃及保護 自己的兵器。	
3. 矛	máo	古代一種直刺兵器。	長矛、矛盾
4. 譽	yù	稱讚。	稱譽、名譽
5. 之	zhī	指前面出現過的人、事、物。	
6. 吾	wú	我的。	
7. 陷	xiàn	攻破。	失陷、淪陷
8. 或	huò	有人。	
9. 何如	hé rú	如何。	
10. 其	qí	他的。	
11. 應	yìng	回答。	答應、回應
12. 夫	fú	表提示作用。	
13. 世	shì	世界、世間。	世間、世俗
14. 立	lì	存在。	獨立、勢不兩立

語法點

1. 有 X 者－表述：引介人物並加以表述。

(1) 人有酤酒者，為器甚潔清，置表甚長，而酒酸不售，問之里人其故。（《晏子春秋・內篇・問上》）

(2) 孔子對曰：「有顏回者好學，不幸短命死矣！」（《論語・先進》）

(3) 齊有善相狗者，其鄰假以買取鼠之狗，朞年乃得之。（《呂氏春秋・士容論・士容》）

(4) 今有殺人者，或問之曰「人可殺與」？（《孟子・公孫丑下》）

2. 結構助詞「之」：的。

(1) 吾楯之堅，莫能陷也。（《韓非子・難一》）

(2) 君之國小，盡君子重寶珠玉以事諸侯，不可不察也。（《戰國策・東周策》）

(3) 堯舜之道，不以仁政，不能平治天下。（《孟子・離婁上》）

(4) 萬乘之國弒其君者，必千乘之家；千乘之國弒其君者，必百乘之家。（《孟子・梁惠王上》）

(5) 一年之計，莫如樹穀；十年之計，莫如樹木；終身之計，莫如樹人。（《管子・權修》）

3. 否定詞：莫、無、弗。

a. 莫：表示沒有誰、沒有什麼、沒有哪裡。

(1) 臣聞之，知臣莫若君，知子莫若父，君其試以心決之。（《韓非子・十過》）

(2) 於是去而入深山，莫知其處。（《莊子・讓王》）

(3) 挾天子以令天下，天下莫敢不聽，此王業也。（《戰國策・秦策》）

(4) 宮婦左右，莫不私王；朝廷之臣，莫不畏王；四境之內，莫不有求於王。（《戰國策・齊策》）

(5) 當是時，宋人從者莫不見，遠者莫不聞，著在宋之春秋。（《墨子・明鬼下》）

b. 無：沒有。

(1)今子無母於中，外託於不可知之國，一日倍約，身為糞土。（《戰國策・秦策》）

(2)恭而無禮則勞，慎而無禮則葸，勇而無禮則亂，直而無禮則絞。（《論語・泰伯》）

(3)無惻隱之心，非人也；無羞惡之心，非人也；無辭讓之心，非人也；無是非之心，非人也。（《孟子・公孫丑上》）

(4)言出於無法，教出於無用者，天下謂之察。（《韓非子・忠孝》）

(5)明主之國，有貴臣無重臣。（《韓非子・八說》）

c. 弗：相當於「不之」。

(1)韓君弗聽，公仲怒而歸，十日不朝。（《韓非子・十過》）

(2)曠安宅而弗居，舍正路而不由，哀哉！（《孟子・離婁上》）

(3)韓王弗聽，遂絕和於秦。（《戰國策・韓策》）

(4)今也不然：師行而糧食，飢者弗食，勞者弗息。（《孟子・梁惠王上》）

(5)知而弗言，是不忠也。（《呂氏春秋・先識覽・樂成》）

課後測驗

1. 請寫出「」內的讀音。
   (1)楚人有「鬻」楯與矛者。
   (2)吾「楯」之堅，莫能陷也。
   (3)其人「弗」能應也。
   (4)夫不可「陷」之楯與無不「陷」之矛，不可同世而立。

2. 下列哪些選項中的「之」與本課「吾楯之堅」的「之」功能相同？
   (1)楚人有鬻楯與矛者，譽之曰：「吾楯之堅，莫能陷也。」（《韓非子・難一》）
   (2)或曰：「以子之矛陷子之楯，何如？」（《韓非子・難一》）

(3) 其里之富人見之，堅閉門而不出，貧人見之，挈妻子而去走。（《莊子·天運》）

(4) 故西施病心而矉其里，其里之醜人見之而美之，歸亦捧心而矉其里。（《莊子·天運》）

(5) 有語我以忠臣者，令之俯則俯，令之仰則仰，處則靜，呼則應，可謂忠臣乎？（《墨子·魯問》）

3. 請說明下列各例中「莫、無、弗」的功能。

(1) 亂莫大於無天子，無天子則彊者勝弱，眾者暴寡，以兵相殘，不得休息，今之世當之矣。（《呂氏春秋·有始覽·謹聽》）

(2) 古人有言曰：「知臣莫若君」，弗可改也已。（《左傳·僖公七年》）

(3) 晏嬰聞之，曰：「君固無勇，而又聞是，弗能久矣。」（《左傳·襄公十八年》）

(4) 諸將皆無成功，莫封。（《史記·東越列傳》）

(5) 晉君無禮於君，眾莫不知。（《國語·晉語三》）

4. 在課文中什麼東西「不可同世而立」？

5. 請將下列句子翻譯成現代語體文。

(1) 吾楯之堅，莫能陷也。

(2)吾矛之利，於物無不陷也。

(3)夫不可陷之楯與無不陷之矛，不可同世而立。

文化引導

具有崇高德性和仁義之心的堯和舜是儒家理想中的君王形象。堯作為君王能夠明察事理，使世間沒有邪惡的事情；而舜能化解農民和漁民工作中的衝突、改善工匠製作不精良的問題，並以自己的德性去教化他人。

《孟子・離婁上》也記載了孟子的看法：「堯舜之道，不以仁政，不能平治天下。……為政不因先王之道，可謂智手？」可見其推崇堯、舜施行的仁政。於儒家而言，堯、舜都是君王的典範。

然而，重視現實法治、輕視仿效古代先王的法家並不這麼認為。韓非子指出了其中的邏輯問題：「賢舜則去堯之明察，聖堯則去舜之德化；不可兩得也。」也就是說，正因為堯有缺失，才需要舜去糾正；而如果堯是所謂的聖人，就不需要舜去教化人民了。因此以現實層面觀之，堯、舜兩位聖人與其行為是不可能同時存在的。

綜上所述，韓非子以「最銳利的矛」與「最堅硬的盾」作為比喻，指出儒家觀點中認為堯、舜都是聖人這件事其實是自相矛盾的。最終韓非子更藉此邏輯漏洞，進一步提出自己的法治理想，以說服君王採納他的建議。

1. 誰是儒家理想中的君王形象？為什麼？
2. 韓非子運用「自相矛盾」的故事提出什麼觀點？
3. 你想像中的德治社會應該是怎麼樣的？與法治社會相比你喜歡哪個？為什麼？
4. 上述的矛盾便是因為「理想」與「現實」發生了衝突。在你的文化中也有相似的故事嗎？請分享。
5. 不只古代中國社會話語中存在邏輯矛盾，就連現代社會中也充滿著矛盾的情況。舉例來說，台灣的教育希望學生「聽話」，但又期待他們長大後能獨立思考。請分享在你的國家中跟教育相關的矛盾現象。

相關成語

自相矛盾：比喻行事或言語先後不相應、互相抵觸。

1　出處：戰國《韓非子‧難一》。

第十三課　曳尾塗中

莊子釣於濮水，楚王使大夫二人往先焉，曰：「願以境內累矣！」莊子持竿不顧，曰：「吾聞楚有神龜，死已三千歲矣，王巾笥而藏之廟堂之上。此龜者，寧其死為留骨而貴乎？寧其生而曳尾於塗中乎？」二大夫曰：「寧生而曳尾塗中。」莊子曰：「往矣！吾將曳尾於塗中。」[1]

前情提要

莊子，名周，戰國時期宋國蒙人，曾任漆園吏，約與孟子同時，為道家代表人物之一。對莊子來說，當官不是他的人生目標，他最想要的其實只是自由自在地生活著。故事中用「留骨而貴」代表官爵、名利等，而莊子想要的自由自在的生活則是用「曳尾於塗中」來代表。

課前預習

1. 請標示出下列句子中的語法點。

   (1)莊子釣於濮水。

   (2)楚王使大夫二人往先焉。

(3) 吾聞楚有神龜，死已三千歲矣。

(4) 此龜者，寧其死為留骨而貴乎？寧其生而曳尾於塗中乎？

2. 請標示出下列句子中的〔題旨－表述〕。

(1) 莊子釣於濮水。

(2) 楚王使大夫二人往先焉。

(3) 莊子持竿不顧。

(4) 王巾笥而藏之廟堂之上。

3. 根據本課，請說明莊子最後做出什麼選擇。

詞語表

文言詞	讀音	詞義解釋	現代關聯詞語
1. 釣	diào	釣魚。	釣魚
2. 大夫	dà fū	職官名，歷代沿用，多係中央要職和顧問。	士大夫
3. 往	wǎng	去、前往、往（某個方向）。	前往、人來人往
4. 先	xiān	時間次序在前的。	爭先恐後
5. 願	yuàn	願意、希望。	願意
6. 境內	jìng nèi	國境之內。此指楚國。	
7. 累	lèi	引申為託付。	
8. 持	chí	拿。	手持、持筆
9. 顧	gù	回頭看。	回顧、瞻前顧後
10. 吾	wú	我。	吾愛吾師
11. 聞	wén	聽說、聽到。	聽聞、百聞不如一見
12. 王	wáng	古代稱統治天下的君主。此指楚王。	君王、國王
13. 巾	jīn	用布包著。	毛巾
14. 笥	sì	用箱子裝。	
15. 藏	cáng	儲存。	收藏、儲藏
16. 廟堂	miào táng	宗廟。	
17. 其	qí	它。	
18. 為	wéi	成為。	成為
19. 貴	guì	尊貴的、地位崇高。	貴族、珍貴
20. 曳	yì	牽引。	拖曳、牽曳
21. 塗	tú	泥。	
22. 將	jiāng	會（表示可能）。	即將、將要

語法點

1. 使＋某人＋做某事：要求、派遣某人做某件事。

(1)齊宣王使人吹竽，必三百人。（《韓非子‧內儲說上》）

(2)昔者有饋生魚於鄭子產，子產使校人畜之池。（《孟子・萬章上》）

(3)長沮、桀溺耦而耕，孔子過之，使子路問津焉。（《論語・微子》）

(4)公使展喜犒師，使受命于展禽。齊侯未入竟，展喜從之。（《左傳・僖公二十六年》）

(5)晉侯使行人問焉。（《國語・魯語下》）

2. 句末「焉」：具有指代功能的句末成分。

(1)是故質的張，而弓矢至焉；林木茂，而斧斤至焉；樹成陰，而眾鳥息焉。（《荀子・勸學》）

(2)公曰：「制，巖邑也，虢叔死焉。佗邑唯命。」（《左傳・隱公元年》）

(3)公說，乃城曲沃，太子處焉；又城蒲，公子重耳處焉；又城二屈，公子夷吾處焉。（《國語・晉語一》）

(4)藐姑射之山，有神人居焉，肌膚若冰雪，綽約若處子。不食五穀，吸風飲露。（《莊子・逍遙遊》）

(5)文王之囿方七十里，芻蕘者往焉，雉兔者往焉，與民同之。（《孟子・梁惠王下》）

3. 願＋X＋矣：表示意願。

(1)曰：「願以境內累矣！」（《莊子・秋水》）

(2)孟嘗君曰：「善，願因請公往矣。」（《戰國策・齊策》）

(3)龐曰：「夫市之無虎明矣，然而三人言而成虎。今邯鄲去大梁也遠於市，而議臣者過於三人矣。願王察之矣。」（《戰國策・魏策》）

4. 介詞「以」：引介原因。

(1)以五十步笑百步，則何如？（《孟子・梁惠王上》）

(2)君子不以言舉人，不以人廢言。（《論語・衛靈公》）

(3)梁惠王以土地之故，糜爛其民而戰之，大敗。（《孟子・盡心下》）

5. 句末「矣」：表示已經。

(1) 其子趨而往視之，苗則槁矣。（《孟子·公孫丑上》）

(2) 曰：「吾聞楚有神龜，死已三千歲矣，王巾笥而藏之廟堂之上。」（《莊子·秋水》）

(3) 吾知所過矣，將改之。（《左傳·宣公二年》）

(4) 臣老矣，不可問也。（《韓非子·十過》）

(5) 晏子曰：「幸矣章遇君也！令章遇桀、紂者，章死久矣。」（《晏子春秋·內篇·諫上》）

6. 寧＋X＋乎：詢問偏好。

(1) 虞卿請趙王曰：「人之情，寧朝人乎？寧朝於人也？」（《戰國策·趙策》）

(2) 曹翽謂魯莊公曰：「君寧死而又死乎？其寧生而又生乎？」（《呂氏春秋·離俗覽·貴信》）

(3) 此龜者，寧其死為留骨而貴乎？寧其生而曳尾於塗中乎？（《莊子·秋水》）

(4) 咎須曰：「然。君反國，國之半不自安也，君寧棄國之半乎？其寧有全晉乎？」（《新序·雜事》）

課後測驗

1. 下列哪些選項中的「累」與本課「願以境內累矣」的「累」意思不同？

(1) 小國英桀之士，皆以國事累君，誠說君之義，慕君之廉也。（《戰國策·齊策》）

(2) 大山之高，非一石也，累卑然後高，天下者，非用一士之言也。（《晏子春秋·內篇·諫下》）

(3) 王曰：「吾欲以國累子，子必勿泄也。」（《韓非子·外儲說右上》）

2. 下列哪些選項中的「以」與本課的語法點不同？

(1) 子曰：「生，事之以禮；死，葬之以禮，祭之以禮。」（《論語·為政》）

(2) 或曰：「以子之矛陷子之楯，何如？」（《韓非子·難一》）

(3)左右以君賤之，食以草具。（《戰國策・齊策》）

(4)巨伯曰：「友人有疾，不忍委之，寧以我身代友人命。」（《世說新語・
德行》）

(5)今子欲以子之梁國而嚇我邪？（《莊子・秋水》）

3. 下列哪些選項中的「焉」與本課的語法點不同？

(1)孔子顧謂弟子曰：「注水焉。」弟子挹水而注之。（《荀子・宥坐》）

(2)燕雀爭善處於一屋之下，子母相哺也，呴呴焉相樂也，自以為安矣。（《呂
氏春秋・有始覽・諭大》）

(3)有頃焉，人又曰：「曾參殺人。」（《戰國策・秦策》）

4. 請說明莊子不願意接任楚國官位的原因。

5. 請將下列句子翻譯成現代語體文。

此龜者，寧其死為留骨而貴乎？寧其生而曳尾於塗中乎？

文化引導

對莊子來說，當官不是他的人生目標。莊子曾在漆園做過小官，但之後他回到濮水旁釣魚，接下來就有了〈曳尾塗中〉的故事。故事中用「留骨而貴」來代表官爵、名利等，用「曳尾於塗中」來代表莊子最想要的是自由自在地活著。《史記·老子韓非列傳》中提到莊子拒絕楚王的這一段故事，《史記》中的莊子是這樣說的：「我寧游戲污瀆之中自快，無為有國者所羈，終身不仕，以快吾志焉」，同樣說明了莊子的人生目標。

《莊子·秋水》中有另一則寓言，莊子將自己比喻為「非梧桐不止，非練實不食，非醴泉不飲」的鳳鳥，鳳鳥選擇自己的居住之所、飲食之物。同時，莊子把一般人追求功利的目標比喻成腐爛的老鼠。鳳鳥不吃腐爛的老鼠，也就是莊子不把做官當作自己的職志。

1. 課文中的「死為留骨而貴」和「生而曳尾於塗中」分別代表什麼寓意？
2. 你認同莊子的想法嗎？你會選擇「死為留骨而貴」還是「生而曳尾於塗中」？
3. 在你的文化中，什麼樣的比喻可以代表這兩種人生選擇？
4. 你是否聽說過受到邀請卻不願擔任重要職務的名人？請簡單地介紹他。
5. 莊子的想法是否太消極？你認為怎樣才是積極的人生觀？

相關成語

自由自在：不受任何拘束，隨心所欲，安詳悠閒。

例句：比起風光卻有壓力的生活，我寧願過普普通通但自由自在、無拘無束的生活。

---

1 出處：戰國《莊子·秋水》。

第十四課　弈秋誨弈

今夫弈之為數，小數也；不專心致志，則不得也。弈秋，通國之善弈者也。使弈秋誨二人弈，其一人專心致志，惟弈秋之為聽。一人雖聽之，一心以為有鴻鵠將至，思援弓繳而射之，雖與之俱學，弗若之矣。為是其智弗若與？曰：「非然也。」[1]

課前預習

1. 請根據本課參考資料說明孟子的母親為何一直搬家。

參考資料

2. 請標示出下列句子中的語法點。

    (1) 不專心致志，則不得也。

    (2) 一人雖聽之，一心以為有鴻鵠將至，思援弓繳而射之，雖與之俱學，弗若之矣。

3. 請指出下列句子中的題旨，如不在句內，請補上。

    其一人專心致志，惟弈秋之為聽。

4. 弈秋教棋時，那個不專心的學生在做什麼？

詞語表

文言詞	讀音	詞義解釋	現代關聯詞語
1. 今	jīn	現在。	古今、今非昔比
2. 弈₁	yì	圍棋。	對弈
3. 數	shù	技術、技巧。	
4. 致	zhì	竭盡。	致力、專心致志
5. 志	zhì	意向、抱負、決心。	意志、志同道合
6. 得	dé	獲取。	獲得
7. 秋	qiū	人名。	
8. 通	tōng	全部、整個。	通宵、通盤考慮
9. 善	shàn	擅長。	能歌善舞、英勇善戰
10. 使	shǐ	命令。	支使、使喚、驅使
11. 誨	huì	教導、勸導。	教誨、誨人不倦
12. 弈₂	yì	下棋。	
13. 惟	wéi	通「唯」。焦點標記。	
14. 以為	yǐ wéi	認為。	不以為然
15. 鴻鵠	hóng hú	大鳥。	
16. 至	zhì	到。	自始至終
17. 思	sī	考慮。	深思熟慮、三思而後行
18. 援	yuán	拉、牽。	
19. 弓	gōng	用來射箭或發彈丸的器具，可當武器。	彈弓、弓箭、十字弓
20. 繳	zhuó	繫在箭尾的絲繩，便於尋找射中的獵物或回收箭枝。	
21. 射	shè	用彈力或推力等送出弓箭、炮彈或某種物體。	發射、注射、噴射
22. 與	yǔ	跟、和。	

文言詞	讀音	詞義解釋	現代關聯詞語
23. 俱	jù	全、都。	一應俱全、萬事俱備
24. 若	ruò	及、比得上。	
25. 為	wèi	同「謂」，有人說。	
26. 智	zhì	聰明、識略。	智慧、明智、大智若愚
27. 然	rán	如此、這樣。	不以為然

語法點

1. 連詞「則」：推論關係。

(1)不專心致志，則不得也。（《孟子·告子上》）

(2)宣子曰：「我若受秦，秦則賓也；不受，寇也。」（《左傳·文公七年》）

(3)若隨此計而行之，則兩國者必為天下笑矣。（《戰國策·秦策》）

(4)今秦攻趙，戰勝則兵罷，我承其敝；不勝，則我引兵鼓行而西，必舉秦矣。

（《史記·項羽本紀》）

2. 句末「也」：表示指認。

(1)陳、衛方睦，若朝陳使請，必可得也。（《左傳·隱公四年》）

(2)儉，德之共也；侈，惡之大也。（《左傳·莊公二十四年》）

(3)君之國小，盡君子重寶珠玉以事諸侯，不可不察也。（《戰國策·東周策》）

(4)今圍雍氏五月不能拔，是楚病也。（《戰國策·西周策》）

(5)非其鬼而祭之，諂也。見義不為，無勇也。（《論語·為政》）

3. 句末「與」：表示探詢受話者是否同意。

(1)君子務本，本立而道生。孝弟也者，其為仁之本與？（《論語·學而》）

(2)對曰：「然則廢釁鐘與？」（《孟子·梁惠王上》）

(3)淳于髡曰：「男女授受不親，禮與？」孟子曰：「禮也。」（《孟子·離婁上》）

4. 賓語提前。

(1) 皇天無親，惟德是輔。（《左傳‧僖公五年》）

(2) 民不見德，而唯戮是聞，其何後之有？（《左傳‧僖公二十三年》）

(3) 五者死而無赦，惟令是視。（《管子‧重令》）

課後測驗

1. 下列哪些選項中的「若」與本課「弗若之矣」的「若」相同？

(1) 若棄德不讓，是廢先君之舉也。（《左傳‧隱公三年》）

(2) 未若貧而樂，富而好禮者也。（《論語‧學而》）

(3) 使告於宋曰：「君若伐鄭，以除君害，君為主，敝邑以賦與陳、蔡從，則衛國之願也。」（《左傳‧隱公四年》）

(4) 若隨此計而行之，則兩國者必為天下笑矣。（《戰國策‧秦策》）

2. 下列哪些選項中的「則」與本課的語法點相同？

(1) 孔子曰：「吾聞宥坐之器者，虛則欹，中則正，滿則覆。」（《荀子‧宥坐》）

(2) 日初出大如車蓋；及日中，則如盤盂。（《列子‧湯問》）

(3) 若隨此計而行之，則兩國者必為天下笑矣。（《戰國策‧秦策》）

(4) 謂其人曰：「今日病矣，予助苗長矣。」其子趨而往視之，苗則槁矣。（《孟子‧公孫丑上》）

3. 根據課文，孟子認為其中一人無法學好下棋的原因是什麼？

4. 請將下列句子翻譯成現代語體文。

(1) 不專心致志，則不得也。

(2)思援弓繳而射之。

(3)雖與之俱學，弗若之矣。

5. 請將下列句子翻譯成現代語體文。

雖有天下易生之物也，一日暴之，十日寒之，未有能生者也。（《孟子·告子上》）

文化引導

本課利用學習下棋的故事告訴讀者「專心」的重要。文中有兩個學習者，一個「專心致志，惟弈秋之為聽」，另一個「一心以為有鴻鵠將至，思援弓繳而射之」，兩人學習成效不同。這個故事的寓意是學習成功不在於天分，而在學習的過程中能不能「專心致志」。

班固《漢書·藝文志》提到「儒家者流，蓋出於司徒之官」。司徒之官在當時是負責掌管教育的官署，相當於今天的教育部，因此儒家學派中對於學習的討論不少。孟子認為學習要專心，也要持之以恆。《孟子·告子上》提到「雖有天下易生之物也，一日暴之，十日寒之，未有能生者也」。他將學習比喻成照顧植物，即便是容易生長的植物，也要讓它天天接受日光照射。如果只曬一天的太陽，就讓它受寒十天，絕不可能好好生長。這個故事是成語「一曝十寒」的由來。

1. 為什麼儒家學派中對於學習的討論不少？
2. 孟子認為學習的關鍵是什麼？
3. 孟子將學習比喻成照顧植物，你認為學習像什麼？
4. 你認同孟子的想法嗎？你認為學習成功的關鍵是什麼？
5. 你認為東西方對於教育的態度一樣嗎？請比較東西方教育文化的差異。

> **相關成語**
>
> **一曝十寒**：比喻做事缺乏恆心。
>
> **例句**：學習中文要努力不懈，不能一曝十寒。

1　出處：戰國《孟子·告子上》。

第十五課　陳太丘與友期行

陳太丘與友期行，期日中。過中不至，太丘舍去，去後乃至。元方時年七歲，門外戲。客問元方：「尊君在不？」答曰：「待君久不至，已去。」友人便怒曰：「非人哉！與人期行，相委而去。」元方曰：「君與家君期日中。日中不至，則是無信；對子罵父，則是無禮。」友人慚，下車引之。元方入門不顧。[1]

前情提要

陳太丘：陳寔（shí），東漢潁川許人，曾擔任太丘縣令。

陳元方：陳紀，字元方，陳太丘長子，潁川許縣人。

課前預習

1. 請標示出下列句子中的語法點。

　(1) 客問元方：「尊君在不？」

　(2) 友人便怒曰：「非人哉！與人期行，相委而去。」

2. 請指出下列句子中的題旨，如不在句內，請補上。

　(1) 過中不至，太丘舍去，去後乃至。

(2)待君久不至，已去。

(3)友人慚，下車引之。

3. 陳太丘的友人為何生氣？

詞語表

文言詞	讀音	詞義解釋	現代關聯詞語
1. 期	qí	約定。	不期而遇
2. 日中	rì zhōng	正午、中午十二點。	
3. 舍	shě	通「捨」。放棄、拋棄。	捨棄
4. 時	shí	那時。	當時
5. 戲	xì	遊戲、玩耍。	嬉戲
6. 尊君	zūn jūn	尊稱他人的父親。	
7. 不	fǒu	通「否」。表示疑問，組成是非問句。	
8. 哉	zāi	語氣助詞，表示感嘆。	
9. 相	xiāng	表示接受動作的對象。	
10. 委	wěi	拋棄、丟棄。	
11. 慚	cán	慚愧、羞愧。	慚愧
12. 引	yǐn	拉、牽。	牽引
13. 顧	gù	回頭看。	回顧

語法點

1. 句末「不」：通「否」，表示疑問，組成是非問句。

(1) 李弘度常歎不被遇。殷揚州知其家貧，問：「君能屈志百里不？」（《世說新語・言語》）

(2) 何晏、鄧颺令管輅作卦，云：「不知位至三公不？」（《世說新語・規箴》）

(3) 公卿有可以防其未然，救其已然者不？（《漢書・雋疏于薛平彭傳》）

(4) 於是王召見，問藺相如曰：「秦王以十五城請易寡人之璧，可予不？」（《史記・廉頗藺相如列傳》）

(5) 南瑕子曰：「吾聞君子不食鮸魚。」程太子曰：「乃君子否？子何事焉？」（《說苑・雜言》）

2. 句末「哉」：表示情緒反應。

(1) 曠安宅而弗居，舍正路而不由，哀哉！（《孟子・離婁上》）

(2) 共華曰：「二三子皆在而不及，子使於秦，可哉！」（《國語・晉語三》）

(3) 公孫丑問曰：「膾炙與羊棗孰美？」孟子曰：「膾炙哉！」（《孟子・盡心下》）

(4) 嗚呼！哀哉！君人者，千歲而不覺也。（《荀子・王霸》）

(5) 子曰：「飽食終日，無所用心，難矣哉！不有博弈者乎，為之猶賢乎已。」（《論語・陽貨》）

3. 連詞「乃」：表示結果。

(1) 過中不至，太丘舍去，去後乃至。（《世說新語・方正》）

(2) 然一旦有非常之變，車馳人走，指而禍至，乃始乾喉燋脣，仰天而歎，庶幾焉天其救之，不亦難乎？（《說苑・建本》）

(3) 楚之南有炎人國者，其親戚死，朽其肉而棄之，然後埋其骨，乃成為孝子。（《墨子・節葬下》）

(4) 邊鄙殘，國固守，鼓鐸之聲於耳，而乃用臣斯之計晚矣。（《韓非子・存韓》）

(5)處半年，乃自聽政，所廢者十，所起者九，誅大臣五，舉處士六，而邦大治。（《韓非子·喻老》）

4. 副詞「相」：表示接受動作的對象。

(1)王曰：「有所不安乎？如是，何不相告也？」（《戰國策·魏策》）

(2)故父母之於子也，猶用計算之心以相待也，而況無父子之澤乎！（《韓非子·六反》）

(3)滂顧謂陶等曰：「今子相隨，是重吾禍也。」遂遁還鄉里。（《後漢書·黨錮列傳》）

(4)始吾與公為刎頸交，今王與耳旦暮且死，而公擁兵數萬，不肯相救，安在其相為死！（《史記·張耳陳餘列傳》）

(5)今陛下有海內，而子弟為匹夫，卒有田常、六卿之患，臣無輔弼，何以相救哉？（《史記·李斯列傳》）

課後測驗

1. 下列哪些選項中的「期」與本課「陳太丘與友期行」的「期」意思相同？
   (1)齊桓公為大臣具酒，期以日中，管仲後至，桓公舉觴以飲之，管仲半棄酒。（《說苑·敬慎》）
   (2)今知王不能久齋以觀無用之器也，故以三月為期。（《韓非子·外儲說左上》）
   (3)韓魏相攻，期年不解。秦惠王欲救之，問於左右。（《史記·張儀列傳》）
   (4)晉文公伐原，與大夫期三日。三日而原不降，文公令去之。（《淮南子·道應訓》）
   (5)諸侯不期而會者八百諸侯。諸侯皆曰：「紂可伐也。」武王曰：「未可。」（《史記·齊太公世家》）

2. 下列哪些選項中的「相」與本課「非人哉！與人期行，相委而去」的「相」意思相同？

(1)於是秦王解兵不出於境，諸侯休，天下安，二十九年不相攻。（《戰國策·趙策》）

(2)項羽遂入，至于戲西。沛公軍霸上，未得與項羽相見。（《史記·項羽本紀》）

(3)亂莫大於無天子，無天子則彊者勝弱，眾者暴寡，以兵相殘，不得休息，今之世當之矣。（《呂氏春秋·有始覽·謹聽》）

(4)韓適有東孟之會，韓王及相皆在焉，持兵戟而衛者甚眾。（《戰國策·韓策》）

(5)八年春，齊侯將平宋、衛，有會期。宋公以幣請於衛，請先相見。（《左傳·隱公八年》）

3. 陳元方為什麼不願意讓他父親的朋友牽他的手？

4. 請將下列句子翻譯成現代語體文。

(1)非人哉！與人期行，相委而去。

(2)君與家君期日中。日中不至，則是無信；對子罵父，則是無禮。

5. 請將下列成語和例句翻譯成現代語體文。

(1) 實不相瞞：實不相瞞，在此選書，東家包我幾個月，有幾兩銀子束脩，我還要留著些用。（《儒林外史‧第十四回》）²

(2) 好言相勸：吾以好言相勸，何反怒耶？（《三國演義‧第二回》）³

文化引導

「信」是中國文化所重視的品德之一，「守信與否」常是他人判斷能否與其來往、建立關係的準則。孔子在《論語》中提及「信」時說道：

> 子曰：「人而無信，不知其可也。大車無輗，小車無軏，其何以行之哉？」（《論語·為政》）

人若沒有信，就像車子缺少輗、軏（輗、軏：連接車轅與車子橫木的銷），根本無法動，怎麼能在社會上通行呢？

政府在統治人民時，贏得民心、取得人民的信任是不可或缺的。《史記·商君列傳》中記載著商鞅在頒布新法前取得人民信任的經過：

> 令既具，未布，恐民之不信，已乃立三丈之木於國都市南門，募民有能徙置北門者予十金。民怪之，莫敢徙。復曰：「能徙者予五十金」。有一人徙之，輒予五十金，以明不欺。卒下令。（《史記·商君列傳》）

商鞅擬定新法後，在還沒頒布以前，在國都的南門立了根三丈高的木頭，下令若有人能將這根木頭移到北門，就賞他十金。人民覺得奇怪，便不敢嘗試。於是商鞅再下令，誰能把木頭移到北門，就賞五十金。有個人把木頭搬去了北門，商鞅就給了他五十金，證明自己不欺騙百姓。最後商鞅因此為政府樹立了威望，也成功施行了新法。

1. 孔子用什麼來說明「信」的重要？
2. 為了取得人民對新法的信任，商鞅做了什麼事？
3. 你認為信任一個人需要有什麼條件？
4. 如何成為一個可信的人？請說說你的想法。
5. 你認為「信」和「仁」之間有什麼關係？

1　出處：魏晉《世說新語·方正》。
2　文字及標點依（清）吳敬梓著，《儒林外史》（長春：時代文藝出版社，2000年），頁98。
3　文字及標點依（明）羅貫中著，《三國演義》上冊（長春：時代文藝出版社，2000年），頁14。

第十六課　《山海經》神話

（一）黃帝戰蚩尤

蚩尤作兵伐黃帝，黃帝乃令應龍攻之冀州之野。應龍畜水，蚩尤請風伯、雨師，縱大風雨。黃帝乃下天女曰魃。雨止，遂殺蚩尤。[1]

（二）鯀禹治水

洪水滔天。鯀竊帝之息壤以堙洪水，不待帝命。帝令祝融殺鯀于羽郊。鯀復生禹。帝乃命禹卒布土以定九州。[2]

（三）禹殺相繇

共工臣名曰相繇，九首蛇身，自環，食于九土。……禹湮洪水，殺相繇，其血腥臭，不可生穀，其地多水，不可居也。禹湮之，三仞三沮，乃以為池，群帝是因以為臺。在崑崙之北。[3]

前情提要

黃帝：上古傳說中的帝王，孔子稱他曾率領猛獸與炎帝戰鬥並取得勝利。生有玄囂、昌意二子。
堯：玄囂的曾孫，是黃帝之後的帝王。
鯀：昌意的孫子，是堯的臣子。
祝融：炎帝的四世孫，掌火。
共工：祝融的兒子，掌水。

課前預習

1. 請根據本課參考資料說明上古神話與《山海經》之間的關係。　　參考資料

2. 請標示出下列句子中的語法點。

   (1)帝乃命禹卒布土以定九州。

   (2)禹湮之，三仞三沮，乃以為池，群帝是因以為臺。

3. 請指出下列句子中的題旨，如不在句內，請補上。

   (1)共工臣名曰相繇，九首蛇身，自環，食于九土。

   (2)黃帝乃下天女曰魃。雨止，遂殺蚩尤。

4. 三則神話中，總共出現了幾個人／物？請說明這些人／物之間的關係。

詞語表

文言詞	讀音	詞義解釋	現代關聯詞語
1. 兵	bīng	武器。	兵器
2. 伐	fā	攻打、征討。	討伐
3. 應龍	yìng lóng	一種有翼的龍。	
4. 野	yě	城外的地區，或指一片平坦、廣大的地面。	原野
5. 畜	xù	累積、儲存。	
6. 縱	zòng	釋放。	縱虎歸山
7. 魃	bá	造成旱災的鬼神。	
8. 滔	tāo	極大、瀰漫的樣子，此指水勢很大。	滔天
9. 竊	qiè	偷盜。	偷竊
10. 帝	dì	指帝堯。	
11. 息壤	xí rǎng	一種能自我生長的土壤。	
12. 堙	yīn	同「湮」。填塞。	
13. 郊	jiāo	一般指在城市周圍，離城市不遠的地方。此指羽山附近的地區。	郊區
14. 復	fù	通「腹」。[4]	
15. 卒	zú	完成。	
16. 布	bù	此同「敷」，鋪填。	
17. 相繇	xiāng yáo/yóu	又稱相柳，據說他所停留之處都會變成水澤。	
18. 環	huán	環繞。此指相繇將自身盤繞的樣子。	環遊世界
19. 腥	xīng	生肉散發的臭氣。	魚腥味
20. 仞	rèn	通「牣」，充滿。	
21. 沮	jǔ	破壞、敗壞。	

語法點

1. 連詞「乃」：表示結果。

(1) 燕乃伐齊攻晉。（《戰國策・燕策》）

(2) 鮑叔乃告公其故圖。（《管子・大匡》）

(3)三國敗，諸侯之師乃搖心矣。（《左傳·昭公二十三年》）

(4)君知其不可得也，乃遣之。（《國語·晉語八》）

(5)齊聞而伐之，民散，城不守。王乃逃倪侯之館，遂得而死。（《戰國策·宋衛策》）

2. 介詞「于」：相當於「於」，表示處所或範圍。

(1)龍戰于野，其血玄黃。（《周易·坤》）

(2)刑于寡妻，至于兄弟，以御于家邦。（《詩經·大雅·思齊》）

(3)夏五月，鄭伯克段于鄢。（《左傳·隱公元年》）

(4)子曰：「吾十有五而志于學，三十而立，四十而不惑，五十而知天命，六十而耳順，七十而從心所欲，不踰矩。」（《論語·為政》）

(5)孝悌之至，通於神明，光于四海，無所不通。（《孝經·應感》）

3. 連詞「遂」：表示結果。相當於現代語體文的「於是」。

(1)晉人從之，楚師宵潰。晉遂侵蔡，襲沈獲其君。（《左傳·襄公二十六年》）

(2)楚子謂成虎，若敖之餘也，遂殺之。（《左傳·昭公十二年》）

(3)因悉起兵，復使甘茂攻之，遂拔宜陽。（《戰國策·秦策》）

(4)繁為無用，暴逆百姓，遂失其宗廟。（《墨子·非命下》）

(5)無適用，乃請陳嬰。嬰謝不能，遂彊立嬰為長。（《史記·項羽本紀》）

4. 並列：把性質或語義分量相當的成分平行鋪排，形成比較或對照。

(1)學而時習之，不亦說乎？有朋自遠方來，不亦樂乎？人不知而不慍，不亦君子乎？（《論語·學而》）

(2)木受繩則直，金就礪則利，君子博學而日參省乎己，則知明而行無過矣。（《荀子·勸學》）

(3)孟子曰：「以善服人者，未有能服人者也；以善養人，然後能服天下。」（《孟子·離婁下》）

(4)一樹一穫者，穀也；一樹十穫者，木也；一樹百穫者，人也。（《管子·權修》）

(5) 太山不讓土壤，故能成其大；河海不擇細流，故能就其深。（《史記·李斯列傳》）

課後測驗

1. 下列哪些選項中的「畜」是「累積」、「儲存」的意思？

   (1) 人實不知，非龍實知。古者畜龍，故國有豢龍氏，有御龍氏。（《左傳·昭公二十九年》）

   (2) 令民家有三年畜蔬食，以備湛旱歲不為。（《墨子·雜守》）

   (3) 量地而立國，計利而畜民，度人力而授事。（《荀子·富國》）

   (4) 夫殺人以活畜，不亦不仁乎？殺畜以活人，不亦仁乎？（《呂氏春秋·仲秋紀·愛士》）

   (5) 苟為不畜，終身不得。苟不志於仁，終身憂辱，以陷於死亡。（《孟子·離婁上》）

2. 下列哪些選項中的「野」表示「一片平坦、廣大的地面」？

   (1) 伍子胥以為有吳國者必王子光也，退而耕於野七年。（《呂氏春秋·孝行覽·首時》）

   (2) 國地大而野不辟者，君好貨而臣好利者也。（《管子·八觀》）

   (3) 天下人民，野居穴處，未有室屋，則與禽獸同域。（《新語·道基》）

   (4) 邦如父母，不待恩而愛，不須嚴而使，雖野居露宿，厚於宮室。（《春秋繁露·立元神》）

   (5) 孔子適齊，過泰山之側，有婦人哭於野者而哀。（《孔子家語·正論解》）

3. 請說明下列句子中「乃」引介的結果。

   (1) 齊兵已去，魏失其與國，無與共擊楚，乃夜遁。楚師乃還。（《戰國策·燕策》）

(2)三國敗，諸侯之師乃搖心矣。（《左傳・昭公二十三年》）

(3)項王聞之，乃使曹咎守成皋。（《史記・魏豹彭越列傳》）

4. 根據《山海經》所述，黃帝如何戰勝蚩尤？

5. 「鯀禹治水」和「禹殺相繇」這兩則神話之間有何關係？

6. 請將下列句子翻譯成現代語體文。
  (1)禹湮之，三仞三沮，乃以為池，群帝是因以為臺。

  (2)鯀竊帝之息壤以堙洪水。

  (3)帝乃命禹卒布土以定九州。

文化引導

上古神話中，人物多被描寫為具有獨特力量，似鬼似神。然自下述兩則記載，可見儒家學者解讀神話時，仍將當中的人物視為「人」，而非「神」：

> 宰我問於孔子曰：「昔者予聞諸榮伊，言黃帝三百年。請問黃帝者人邪？亦非人邪？何以至於三百年乎？」……孔子曰：「……生而民得其利百年，死而民畏其神百年，亡而民用其教百年，故曰三百年。」（《大戴禮記．五帝德》）

宰我聽聞上古時期的黃帝活了三百歲，便向孔子請教黃帝是否為人？孔子向宰我解釋：「黃帝活著的時候，人民受其恩惠利益一百年；他死了以後，人民敬服他的精神一百年；之後，人民持續遵從他的教導一百年。所以說統治了三百年。」

> 當堯之時，天下猶未平，洪水橫流，氾濫於天下。……堯獨憂之，舉舜而敷治焉。舜使益掌火，益烈山澤而焚之，禽獸逃匿。禹疏九河，瀹濟漯，而注諸海；決汝漢，排淮泗，而注之江，然後中國可得而食也。（《孟子．滕文公上》）

堯在位時，天下不太平，洪災氾濫。……堯擔憂這狀況，選拔舜來整治。舜使臣子伯益掌管火，伯益焚毀山林，禽獸逃離隱匿。禹疏通濟水、漯水，兩條河水注入渤海；排解汝水、漢水、淮水、泗水的壅塞，四條河水注入長江。然後中國可有土地種植並獲取糧食。

1. 孔子如何向宰我解釋「黃帝三百年」？
2. 你認為從「人」的角度詮釋「黃帝三百年」是否合理？
3. 關於大禹治水的事蹟，孟子的說明與課文相比有何不同？
4. 你曾聽過哪些神話故事？
5. 承上題，這些神話和中國神話有哪些相同或相異之處？

1　出處：先秦《山海經·大荒北經》。
2　出處：先秦《山海經·海內經》。
3　出處：先秦《山海經·大荒北經》。
4　依袁珂校注，《山海經校注》（成都：巴蜀書社，1993 年），頁 537。

第十七課　蘭雪茶

日鑄者，越王鑄劍地也，茶味棱棱有金石之氣。……扚法、掐法、挪法、撒法、扇法、炒法、焙法、藏法，一如松蘿。他泉瀹之，香氣不出。煮禊泉，投以小罐，則香太濃郁。雜入茉莉，再三較量，用敞口瓷甌淡放之。候其冷，以旋滾湯衝瀉之，色如竹籜方解，綠粉初匀，又如山窗初曙，透紙黎光。取清妃白傾向素瓷，真如百莖素蘭同雪濤並瀉也。雪芽得其色矣，未得其氣，余戲呼之「蘭雪」。[1]

課前預習

參考資料

1. 請閱讀本課參考資料，並從課文中找出關於蘭雪茶如何選茗、擇水、預備茶具、烹茶和品飲的句子。

2. 請指出下列句子中的題旨，如不在句內，請補上。
   日鑄者，越王鑄劍地也，茶味棱棱有金石之氣。

3. 請說明「蘭雪茶」取名的緣由。

詞語表

文言詞	讀音	詞義解釋	現代關聯詞語
1. 鑄	zhù	將金屬鎔化倒入模型中冷卻凝固，做成各種器物。	鑄鐵、鑄造
2. 稜稜	léng léng	通「稜稜」，異體字。威嚴的樣子。此指茶味澀口或不順口。[2]	
3. 扐	lì	用手指按。	
4. 掐	qiā	以指甲斷芽，將茶葉摘下。	
5. 挪	nuó	按摩茶葉，使茶葉柔韌。	
6. 扇	shān	通「搧」。搖動扇子使空氣流通而生風。	
7. 焙	bèi	用微火加熱使其乾燥。	烘焙
8. 藏	cáng	儲存、存放。	收藏、儲藏
9. 松蘿	sōng luó	產於安徽省歙縣松蘿山上的茶。	
10. 瀹	yuè	煮。	
11. 禊泉	xì quán	紹興的一處泉水。詳見《陶庵夢憶‧禊泉》。	
12. 投	tóu	放入。	投入
13. 雜	zá	混合、摻入。	摻雜、夾雜
14. 再三	zài sān	一次又一次。	
15. 較量	jiào liàng	計較。	
16. 敞	chǎng	開口寬廣，無物遮擋的樣子。	寬敞
17. 甌	ōu	喝酒、飲茶的碗杯。	
18. 衝	chōng	通「沖」。	
19. 瀉	xiè	大量水向下急流。	傾瀉
20. 籜	tuò	竹皮、筍殼。	
21. 方	fāng	才、始。	方才
22. 解	jiě	分割、剖分。	分解
23. 勻	yún	鋪平、使之平均。	均勻
24. 曙	shù	天剛亮、破曉時分。	曙光
25. 黎光	lí guāng	黎明時的亮光。	
26. 素	sù	白色的。	
27. 莖	jīng	用於計算細條狀物體的量詞。	
28. 濤	táo	大波浪。	波濤洶湧

文言詞	讀音	詞義解釋	現代關聯詞語
29. 雪芽	xuě yá	產於浙江日鑄嶺的茶。	
30. 余	yú	我，表第一人稱。	
31. 戲	xì	開玩笑、嘲弄。	戲弄、君無戲言
32. 呼	hū	稱、謂。	稱呼

語法點

1. A 者－B 也：由「者」註記 A 為題旨，「也」註記 B 為表述，「也」的功能為指認。

(1) 兵者，詭道也。故能而示之不能，用而示之不用。（《孫子兵法・始計》）

(2) 所臨唯信，信者，言之瑞也，善之主也，是故臨之。（《左傳・襄公九年》）

(3) 奚齊、卓子者，驪姬之子也，荀息傅焉。驪姬者，國色也。（《春秋公羊傳・僖公十年》）

(4) 民者，君之本也，使人以其死，非正也。（《春秋穀梁傳・桓公十四年》）

(5) 凡禹之所以為禹者，以其為仁義法正也。（《荀子・性惡》）

2. X＋如＋Y：X 如同／像 Y。X 為主題，Y 為比擬的對象。

(1) 山似翠屏擎殿閣，佛如明月統星辰。（《敦煌變文集新書・卷二》）

(2) 父之化子，如水之下流，既承父訓，豈敢違之。（《敦煌變文集新書・卷八》）

(3) 身是菩提樹，心如明鏡臺。（《祖堂集・第三十二祖弘忍和尚》）

(4) 上弦是月盈及一半，如弓之上弦；下弦是月虧了一半，如弓之下弦。（《朱子語類・理氣下》）

(5) 踐其位，行其禮，奏其樂，敬其所尊，愛其所親，事死如事生，事亡如事存，孝之至也。（《禮記・中庸》）

3. 介詞「以」：引介工具或手段。

(1) 麗姬以酖為酒，藥脯以毒。（《春秋穀梁傳・僖公十年》）

(2)陳人使婦人飲之酒，而以犀革裹之。（《左傳・莊公十二年》）

(3)蘧伯玉曰：「不以道事其君者，其出乎？」（《春秋穀梁傳・襄公二十三年》）

(4)故拘之以利，結之以信，示之以武，故天下小國諸侯既許桓公。（《國語・齊語》）

(5)報生以死，報賜以力，人之道也。（《國語・晉語一》）

課後測驗

1. 下列哪些選項中的「方」與本課「色如竹籜方解」的「方」意思相同？

   (1)如人飢而後食，渴而後飲，方有味。不飢不渴而強飲食之，終無益也。（《朱子語類・學五》）

   (2)子曰：「父母在，不遠遊。遊必有方。」（《論語・里仁》）

   (3)朕得一疾，纏綿日久不愈。幸國丈賜得一方，藥餌俱已完備，只少一味引子。（《西遊記・第七十九回》）

   (4)少之時，血氣未定，戒之在色；及其壯也，血氣方剛，戒之在鬪；及其老也，血氣既衰，戒之在得。（《論語・季氏》）

   (5)用根蒂小枝，樹形可憘，五年方結子；鳩腳老枝，三年即結子，而樹醜。（《齊民要術・插梨》）

2. 請標示出課文中的「如」，並說明它比擬的主題與對象。

3. 請標示出下列句子中「以」的行為及工具或手段。

   (1) 太祖親禮之，許以金棺銀槨。（《陶庵夢憶・鍾山》）

(2)有老僧以手背搬眼瞖，翕然張口，呵欠與笑嚏俱至。（《陶庵夢憶·金山夜戲》）

(3)河兩崖皆高阜，可植果木，以橘、以梅、以梨、以棗，枸菊圍之。（《陶庵夢憶·瑯嬛福地》）

4. 請用現代語體文簡單整理蘭雪茶的做法。

5. 請根據課文的敘述，用現代語體文描寫蘭雪茶。

6. 請將下列句子翻譯成現代語體文。
   (1)他泉瀹之，香氣不出。煮禊泉，投以小罐，則香太濃郁。

   (2)色如竹籜方解，綠粉初勻，又如山窗初曙，透紙黎光。

   (3)雪芽得其色矣，未得其氣，余戲呼之「蘭雪」。

文化引導

清代張璨寫過一首詩：「書畫琴棋詩酒花，當年件件不離他。而今七事都更變，柴米油鹽醬醋茶。」這首詩以「書畫琴棋詩酒花」概括了精神層面的浪漫理想，與之相對的「柴米油鹽醬醋茶」則是日常生活瑣事的寫照。由此可見「茶」相對於「酒」是一種更親近平民的飲料。

在許多典故當中，「酒」帶有奢華、享樂的意思，有時也和祭祀禮儀有關；而「茶」較為平淡，也常常和君子的修養或是宗教中靜心、禪修的意象連結起來。例如：成語「酒池肉林」即是比喻生活極端奢靡；「粗茶淡飯」意思就是粗糙簡單的飲食。日本的茶道提倡「一期一會」，意思就是每一杯茶都是人生中唯一一次的相遇，當下是不會再重來也不能被複製的，要以獨一無二的心情認真對待。

然而〈蘭雪茶〉的特別之處就在於將「茶」寫得華麗。從張岱的文章我們可以看出當時上流社會對於飲食、娛樂等等物質文化的講究，他們的「茶」和粗茶淡飯的「茶」顯然不同，對沖泡的手法、茶水的色香味都有一定的要求。

1. 「書畫琴棋詩酒花」和「柴米油鹽醬醋茶」有什麼不同的象徵意義？
2. 「茶」和「酒」在社會中分別扮演什麼樣的角色？你覺得在不同的社會階級中會有什麼樣的差異？
3. 「一期一會」是什麼意思？
4. 你覺得除了茶以外，還有什麼事物會讓你想到「一期一會」？
5. 你最喜歡什麼樣的茶？和其他茶有什麼不同？請試著介紹一下。

1　出處：明末《陶庵夢憶》。文字及標點依（明）張岱著，《陶庵夢憶／西湖夢尋》（臺北：漢京文化事業有限公司，1984年），卷3，頁22。本書引自《陶庵夢憶》者皆按此。
2　辭海編輯委員會編，《辭海》下冊（香港：中華書局香港分局，1965年），頁2509。

第十八課　蟹會

食品不加鹽醋而五味全者，為蚶、為河蟹。河蟹至十月與稻粱俱肥，殼如盤大，墳起，而紫螯巨如拳，小腳肉出，油油如蟛蟹。掀其殼，膏膩堆積如玉脂珀屑，團結不散，甘腴雖八珍不及。一到十月，余與友人兄弟輩立蟹會，期於午後至，煮蟹食之，人六隻，恐冷腥，迭番煮之。從以肥臘鴨、牛乳酪，醉蚶如琥珀，以鴨汁煮白菜如玉版，果蓏以謝橘、以風栗、以風菱。飲以玉壺冰，蔬以兵坑筍，飯以新餘杭白，漱以蘭雪茶。繇今思之，真如天廚仙供，酒醉飯飽，慚愧慚愧。[1]

前情提要

五味：辛、酸、甘、苦、鹹。

課前預習

參考資料

1. 請根據本課參考資料說明飲食文化與階級文化間的關聯。

2. 請標示出下列句子中的語法點。

　(1)食品不加鹽醋而五味全者，為蚶、為河蟹。

(2)飲以玉壺冰，蔬以兵坑笋。

3. 請指出下列句子中的題旨，如不在句內，請補上。

(1)河蟹至十月與稻粱俱肥，殼如盤大，墳起，而紫螯巨如拳，小腳肉出，油油如螾蜒。

(2)期於午後至，煮蟹食之，人六隻，恐冷腥，迭番煮之。

4. 按課文所述，蟹會除了有蟹，還有哪些菜餚、飲品？

詞語表

文言詞	讀音	詞義解釋	現代關聯詞語
1. 蚶	hān	動物名，蚌的一種，生長於淡水。	
2. 粱	liáng	穀物名，脫殼後為小米。	
3. 俱	jù	都。	玉石俱焚
4. 如	rú	好像。	如詩如畫
5. 墳	fén	如墳狀。「墳起」指凸起如墳狀。	
6. 螯	áo	節肢動物的首足。	蟹螯
7. 螾蜒	yǐn yǎn	蚯蚓。	
8. 屑	xiè	碎片、細渣。	碎屑
9. 腴	yú	豐滿。	豐腴
10. 及	jí	到、達。	波及

文言詞	讀音	詞義解釋	現代關聯詞語
11. 輩	bèi	相當於「們」。	父執輩
12. 期	qí	日期。此作動詞，指約定日期。	不期而遇
13. 腥	xīng	生肉散發的氣味。	魚腥味
14. 迭番	dié fān	輪替。	
15. 琥珀	hǔ pò	樹脂結成的化石。	
16. 版	bǎn	片狀的器物。	石版
17. 果蓏	guǒ luǒ	長在樹上的稱作「果」，長在地上的稱作「蓏」。	
18. 漱	shù	用水沖刷口腔。	漱口
19. 慚愧	cán kuì	本指羞愧，後用為自謙詞，指僥倖、難得。	

語法點

1. 連詞「而」：連接表述成分。

a. 平行關係

(1) 昔者，聖王之治天下也……，定民之居，成民之事，陵為之終，而慎用其六柄焉。（《國語·齊語》）

(2) 夫州吁，阻兵而安忍。阻兵，無眾；安忍，無親。（《左傳·隱公元年》）

(3) 故君子敬始而慎終，終始如一，是君子之道，禮義之文也。（《荀子·禮論》）

b. 轉折關係

(1) 由此觀之，君不行仁政而富之，皆棄於孔子者也。（《孟子·離婁上》）

(2) 求也為季氏宰，無能改於其德，而賦粟倍他日。（《孟子·離婁上》）

(3) 史曰：「爾為仁為義，人弒爾君，而復國不討賊，此非弒君如何？」（《春秋公羊傳·宣公六年》）

(4) 太公曰：「舉賢而不用，是有舉賢之名而無用賢之實也。」（《六韜·舉賢》）

2. A者－表述：用「者」註記 A 為題旨。

(1)仲尼曰：「能補過者，君子也。」（《左傳・昭公七年》）

(2)善為國者，內固其威，而外重其權。（《戰國策・秦策》）

(3)天下不心服而王者，未之有也。（《孟子・離婁上》）

(4)天之志者，義之經也。（《墨子・天志下》）

(5)禮者，所以正身也，師者，所以正禮也。（《荀子・修身》）

3. 介詞「以」：引介工具或手段。

(1)報生以死，報賜以力，人之道也。（《國語・晉語一》）

(2)事君以敬，事父以孝。（《國語・晉語一》）

(3)衣以其衣，冠舞以其劍。（《戰國策・秦策》）

(4)仁人之於民也，愛之以心，事之以善言。（《戰國策・楚策》）

(5)北夷方七百里，加之以魯、衛，此所謂強萬乘之國也。（《戰國策・燕策》）

課後測驗

1. 下列哪些選項中的「及」與本課「甘腴雖八珍不及」的意思不同？
   (1)齊侯戒師期，而有疾。醫曰：「不及秋，將死。」（《左傳・文公十八年》）
   (2)夏四月己亥，鄭伯及其大夫盟。（《左傳・襄公三十年》）
   (3)太子及賓客知其事者，皆白衣冠以送之。（《史記・刺客列傳》）
   (4)將及楚師，而後從之乘，皆踞轉而鼓琴。（《左傳・襄公二十四年》）
   (5)令尹將死矣，不及三年。（《左傳・襄公二十七年》）

2. 下列哪些選項中的「以」與本課的語法點不同？
   (1)可薦於鬼神，可羞於王公，而況君子結二國之信，行之以禮，又焉用質？
   　（《左傳・隱公三年》）
   (2)及生，有文在其手曰「友」，遂以命之。（《左傳・閔公二年》）
   (3)臣聞愛子，教之以義方，弗納于邪。（《左傳・隱公三年》）
   (4)來，以盾為才，固請于公，以為嫡子，而使其三子下之。（《左傳・僖公

二十四年》）

(5)今我使二國暴骨，暴矣；觀兵以威諸侯，兵不戢矣。（《左傳·宣公十二
年》）

3. 請觀察下列句子中的「而」，說明前後連接的表述成分。

　(1)楚子弗從。臨之以兵，懼而從之。（《左傳·莊公十九年》）

　(2)子曰：「晉文公譎而不正，齊桓公正而不譎。」（《論語·憲問》）

　(3)子夏曰：「仕而優則學，學而優則仕。」（《論語·子張》）

4. 張岱如何描寫蟹的美味？

5. 請根據原文說明作者張岱為何在文末寫道「慚愧慚愧」。

6. 請將下列句子翻譯成現代語體文。

　(1)膏膩堆積如玉脂珀屑，團結不散。

(2)飯以新餘杭白，漱以蘭雪茶。

(3)河蟹至十月與稻粱俱肥。

(4)醉蚶如琥珀，以鴨汁煮白菜如玉版。

(5)真如天廚仙供，酒醉飯飽，慚愧慚愧。

文化引導

除《陶庵夢憶》外，不少古典文學作品當中也寫到秋日品蟹之事。清代李漁於《閒情偶寄‧飲饌部》內，便極言蟹的美味：[2]

> 每歲於蟹之未出時，即儲錢以待，因家人笑予以蟹為命，即自呼其錢為「買命錢」。……慮其易盡而難繼，又命家人滌甕釀酒，以備糟之醉之之用。糟名「蟹糟」，酒名「蟹釀」，甕名「蟹甕」。向有一婢，勤於事蟹，即易其名為「蟹奴」。

另外，在《紅樓夢》第三十八回寫到一場在賈府內舉辦的螃蟹宴：[3]

> 一時進入榭中，只見欄杆外另放著兩張竹案，一個上面設著杯箸酒具，一個上頭設著茶筅茶具各色盞碟。那邊有兩三個丫頭煽風爐煮茶；這邊另有幾個丫頭也煽風爐燙酒呢……。獻過茶，鳳姐忙安放杯箸，上面一桌：賈母、薛姨媽、寶釵、黛玉、寶玉。東邊一桌：湘雲、王夫人、迎、探、惜。西邊靠門一小桌：李紈和鳳姐，虛設座位，二人皆不敢坐，只在賈母王夫人兩桌上伺候。鳳姐吩咐：「螃蟹不可多拿來，仍舊放在蒸籠裡，拿十個來，吃了再拿。」一面又要水洗了手，站在賈母跟前剝蟹肉。頭次讓薛姨媽，薛姨媽道：「我自己掰著吃香甜，不用人讓。」鳳姐便奉與賈母；二次的便與寶玉。又說：「把酒燙得滾熱的拿來。」

1. 請根據文章說明李漁如何「視蟹如命」。
2. 請說明為何李紈和鳳姐皆不敢坐在西邊靠門一小桌的座位上。
3. 請比較《陶庵夢憶》之蟹會與《紅樓夢》之螃蟹宴，說明兩者間的異同。
4. 在你的經驗中，哪些東西或活動代表秋季？
5. 你的文化中有什麼飲食特色？

---

1 出處：明末《陶庵夢憶》。文字及標點依（明）張岱著，《陶庵夢憶／西湖夢尋》（臺北：漢京文化事業有限公司，1984年），卷8，頁75。
2 文字及斷句依（清）李漁著，《閒情偶寄》（臺北：長安出版社，1990年），頁272。
3 文字及標點依（清）曹雪芹著，《紅樓夢》上冊（臺北：時報文化出版企業股份有限公司，2016年），第三十八回，頁674-676。

第十九課　蘭亭集序

永和九年，歲在癸丑，暮春之初，會于會稽山陰之蘭亭，修禊事也。羣賢畢至，少長咸集。此地有崇山峻嶺，茂林修竹，又有清流激湍，映帶左右，引以為流觴曲水，列坐其次。雖無絲竹管絃之盛，一觴一詠，亦足以暢敍幽情。是日也，天朗氣清，惠風和暢，仰觀宇宙之大，俯察品類之盛，所以游目騁懷，足以極視聽之娛，信可樂也。[1]

課前預習

1. 請在下文標示出語法點「A 也－表述」。

是日也，天朗氣清，惠風和暢，仰觀宇宙之大，俯察品類之盛，所以游目騁懷，足以極視聽之娛，信可樂也。

2. 請指出下列句子中的題旨，如不在句內，請補上。

(1) 永和九年，歲在癸丑，暮春之初，會于會稽山陰之蘭亭，修禊事也。

(2) 是日也，天朗氣清，惠風和暢，仰觀宇宙之大，俯察品類之盛，所以游目騁懷，足以極視聽之娛，信可樂也。

3. 請找出這篇文章的人、事、時、地、物。

詞語表

文言詞	讀音	詞義解釋	現代關聯詞語
1. 暮春	mù chūn	陰曆三月，春季的末期。 暮：晚、將結束的。	暮年
2. 會	huì	聚合、聚會。	會面
3. 修禊	xiū xì	古時去除不潔的節日活動，於陰曆三月上巳日（魏晉後固定三月三日），洗濯身軀以驅除不祥。	
4. 賢	xián	有才幹德識的人。	先賢、聖賢
5. 畢	bì	全部、完全。	畢生
6. 咸	xián	都、全。	老少咸宜
7. 激湍	jī tuān	急劇而強烈的水流。	激流
8. 流觴曲水	liú shāng qū shuǐ	與會（修禊）者聚於環繞曲折的水流旁，將斟滿酒的酒杯浮於上游，讓其順流而下，取而飲之。觴：酒杯、盛滿酒的酒杯。	
9. 次	cì	處所。此指曲水旁邊。	
10. 絲竹管絃	sī zhú guǎn xián	泛指樂器或音樂。	
11. 幽情	yōu qíng	深遠的情懷、情思。	
12. 惠風	huì fēng	和緩的風。 惠：柔順、和順。	
13. 品類	pǐn lèi	萬物，指自然界的萬物。	
14. 騁	chěng	舒展。	馳騁
15. 懷	huái	胸懷。	
16. 信	xìn	確實、實在是。	

語法點

1. 句末「也」：表示指認。

(1)非富天下也，為匹夫匹婦復讎也。（《孟子·滕文公下》）

(2)恭近於禮，遠恥辱也。（《論語·學而》）

(3)不患人之不己知，患不知人也。（《論語·學而》）

(4) 子聞之曰：「是禮也。」（《論語‧八佾》）

(5) 齊侯曰：「大夫之許，寡人之願也；若其不許，亦將見也。」（《左傳‧成公二年》）

2. A 也－表述：由「也」註記 A 為題旨。

(1) 當是時也，禹八年於外，三過其門而不入。（《孟子‧滕文公上》）

(2) 宋殤公之即位也，公子馮出奔鄭。（《左傳‧隱公四年》）

(3) 衛之亂也，郕人侵衛，故衛師入郕。（《左傳‧隱公五年》）

(4) 吾聞國家之立也，本大而末小，是以能固。（《左傳‧桓公二年》）

(5) 子曰：「人之過也，各於其黨。觀過，斯知仁矣。」（《論語‧里仁》）

3. 連詞「雖」：表示讓步，相當於「雖然」或「即使」。

(1) 雖曰未學，吾必謂之學矣。（《論語‧學而》）

(2) 臣曰：「君之楚，將奚為北面？」曰：「吾馬良。」臣曰：「馬雖良，此非楚之路也。」（《戰國策‧魏策》）

(3) 大子焉用孔悝？雖殺之，必或繼之。（《左傳‧哀公十五年》）

(4) 舜雖賢，不遇堯也，不得為天子。（《戰國策‧秦策》）

(5) 子曰：「言忠信，行篤敬，雖蠻貊之邦行矣。」（《論語‧衛靈公》）

課後測驗

1. 下列哪一個選項中的「也」與本課語法點句末「也」不同？

(1) 是以天下和平。災害不生，禍亂不作。故明王之以孝治天下也如此。（《孝經‧孝治》）

(2) 何譏爾？諸侯越竟送女，非禮也。（《春秋公羊傳‧桓公三年》）

(3) 夫玄黃者，天地之雜也，天玄而地黃。（《周易‧坤‧文言》）

(4) 如以行善而偶鍾禍報，為惡而儻值福徵，便生怨尤，即為欺詭；則亦堯、舜之云虛，周、孔之不實也，又欲安所依信而立身乎？（《顏氏家訓‧歸心》）

(5)心斷，非愛欲也，非瞋恚也，非愚癡也。（《大明度經・卷三》）

2. 為何沒有「絲竹管絃之盛」也能夠「暢敘幽情」？

3. 課文最後「信可樂也」提及的「樂」從何而來？

4. 請將下列句子翻譯成現代語體文。
   雖無絲竹管絃之盛，一觴一詠，亦足以暢敘幽情。

文化引導

環滁皆山也。其西南諸峯，林壑尤美。望之蔚然而深秀者，琅邪也。山行六七里，漸聞水聲潺潺，而瀉出于兩峯之間者，釀泉也。峯回路轉，有亭翼然臨于泉上者，醉翁亭也。作亭者誰？山之僧智僊也。名之者誰？太守自謂也。太守與客來飲于此，飲少輒醉而年又最高，故自號曰醉翁也。醉翁之意不在酒，在乎山水之間也。山水之樂，得之心而寓之酒也。（歐陽脩〈醉翁亭記〉）[2]

環繞滁州周圍的皆是山。西南邊的幾座山峰，樹林跟山谷特別優美，望去其中，樹木幽深茂盛秀麗的山峰，便是瑯琊山。沿著山路走六、七里，會逐漸聽到潺潺水聲從兩座山峰之間流洩而出，那是釀泉。沿著曲折彎繞的山路，有一座亭，它像鳥展翅般座落在泉上，那便是醉翁亭。建造這座亭的人是誰呢？是山上的和尚智仙。取名的又是誰呢？是太守用自己的號來命名。他和他的賓客們來醉翁亭飲酒，每次只喝了一點就醉了，而且年齡又最大，所以自號「醉翁」。真正使醉翁沉醉的不在於酒，而在於四周的山水美景。欣賞山水美景的樂趣，領略於心中，寄情在酒上。

1. 為何太守自命為醉翁？
2. 為何作者說「醉翁之意不在酒」？
3. 文中先寫「醉翁之意不在酒，在乎山水之間也」，而後又接「山水之樂，得之心而寓之酒也」，你覺得作者想要表達什麼？
4. 請比較王羲之和歐陽脩兩人心境的相同與相異之處。
5. 〈蘭亭集序〉和〈醉翁亭記〉都提到「酒」，王羲之和歐陽脩都是文人。請查一查文人與酒的關係。

1 出處：唐《晉書・王羲之傳》。（唐）房玄齡等撰，《晉書》（北京：中華書局，1974 年）。
2 文字及斷句依（宋）歐陽脩著，《歐陽修全集》上冊（台北：華正書局，1976 年），頁 110。

第二十課　荀巨伯遠看友人疾

荀巨伯遠看友人疾，值胡賊攻郡，友人語巨伯曰：「吾今死矣，子可去！」巨伯曰：「遠來相視，子令吾去；敗義以求生，豈荀巨伯所行邪？」賊既至，謂巨伯曰：「大軍至，一郡盡空，汝何男子，而敢獨止？」巨伯曰：「友人有疾，不忍委之，寧以我身代友人命。」賊相謂曰：「我輩無義之人，而入有義之國！」遂班軍而還，一郡並獲全。[1]

課前預習

參考資料

1. 請閱讀本課參考資料，試著說明你認為荀巨伯的義是
   「仁義」還是「義氣」？

2. 請在課文中標示出本課語法點連詞「遂」，並說明它連接的原因和結果。

3. 荀巨伯為什麼去探望朋友？他遭遇到什麼困難？

詞語表

文言詞	讀音	詞義解釋	現代關聯詞語
1. 疾	jí	病痛。	疾病
2. 值	zhí	正好是。	正值
3. 賊	zéi	泛指使壞作亂的人。	盜賊、匪賊
4. 郡	jùn	中國古代地方行政區域的名稱。	郡縣、郡邑
5. 語	yù	告訴、說話。	
6. 今	jīn	現在的、當前的。	如今、今天
7. 可	kě	能夠、容許。	可以
8. 相	xiāng	原意是兩方面交互進行，引申為單方面的 動作，由一方對另一方進行。	互相
9. 義	yì	合宜的事情、正道、正理。	道義、正義
10. 行	xíng	做、從事。	行為
11. 既	jì	已經。	既往不咎
12. 軍	jūn	武裝的部隊、士兵。	軍隊
13. 盡	jìn	全部、都。	盡數
14. 止	zhǐ	停住不動，引申為留下。	停止
15. 忍	rěn	忍心。	忍心
16. 委	wěi	捨棄。	委地、委棄
17. 寧	níng	寧可、寧願。	寧可、寧願
18. 代	dài	替換。	替代
19. 全	quán	使完整而沒有缺憾。	保全

語法點

1. 豈＋X＋邪：帶有探詢語氣的反詰。

(1)此豈所謂無其德而用事者邪？（《史記・封禪書》）

(2)此事豈可使卿有勳邪？（《世說新語・排調》）

(3)豈非用賞罰當邪？（《呂氏春秋・孝行覽・義賞》）

(4)形神所不接而夢，豈是想邪？（《世說新語・文學》）

(5)秦任商鞅，二世而亡，豈清言致患邪？（《世說新語・言語》）

2. 結構助詞「之」：的。

(1)陳元方兄弟恣柔愛之道，而二門之裏，不失雍熙之軌焉。（《世說新語·德行》）

(2)無為握無形之風，捕難執之影，索不可得之物，行必不到之路。（《抱朴子·內篇·論仙》）

(3)唯此三君，高明之君；唯此三子，忠臣孝子。（《世說新語·言語》）

(4)巢、許狷介之士，不足多慕。（《世說新語·言語》）

(5)世人見漆器暫在日中，恐其炙壞，合著陰潤之地，雖欲愛慎，朽敗更速矣。（《齊民要術·漆》）

3. 連詞「遂」：表示結果。相當於現代語體文的「於是」。

(1)〔服虔〕聞崔烈集門生講傳，遂匿姓名，為烈門人賃作食。（《世說新語·文學》）

(2)文公窮而求之，不穫，乃以火焚山。推遂抱樹而死。（《齊民要術·醴酪》）

(3)送獅子者以波斯道遠，不可送達，遂在路殺獅子而返。（《洛陽伽藍記·卷三》）

(4)遇異人授以祕訣，遂得仙。能召鬼。（《搜神記·卷一》）

(5)別有博射……揖讓昇降，以行禮焉。防禦寇難，了無所益。亂離之後，此術遂亡。（《顏氏家訓·雜藝》）

課後測驗

1. 下列哪些選項的「豈＋X＋邪」與本課的語法點不同？

(1)秦任商鞅，二世而亡，豈清言致患邪？（《世說新語·言語》）

(2)斯無欲之神雄，豈以淫邪亂其志乎？（《六度集經·卷四》）

(3)斯之來使，以奉秦王之歡心，願效便計，豈陛下所以逆賤臣者邪？（《韓非子·存韓》）

(4)偶然乃舉太公於州人而用之，豈私之也哉！以為親邪？則周姬姓也，而彼姜姓也。（《荀子·君道》）

(5)汝癡耳！帝豈復憶汝乳哺時恩邪？（《世說新語‧規箴》）

2. 荀巨伯面對敵人來襲，做了什麼樣的決定？他為什麼做這樣的決定？

3. 胡賊聽了荀巨伯的話後做了什麼決定？請說明原因。

4. 請將下列句子翻譯成現代語體文。

   (1)遠來相視，子令吾去；敗義以求生，豈荀巨伯所行邪？

   (2)大軍至，一郡盡空，汝何男子，而敢獨止？

   (3)友人有疾，不忍委之，寧以我身代友人命。

文化引導

課文中的荀巨伯為了朋友而留下，寧願捨棄自己的生命也想要保護他的朋友，這樣的行為可以說是有情有義了。雖然文獻中並沒有記載荀巨伯與他的朋友共同經歷過的事情，無從知曉他們之間是什麼樣的革命情感，但從荀巨伯說「敗義以求生，豈荀巨伯所行邪？」可以看出「義」在荀巨伯眼中是重要的行為準則。

先秦時代對於「義」的解釋較為寬泛。當時的「義」是一種個人品行的特質，適用於君臣、父子、夫妻等各種人倫關係。「正義」使人在不同的情況下都有一個可以而且應該遵循的行為準則，也就是在各種條件下作出最合宜的選擇。而後來衍伸出較限縮的「義氣」，大部分是指朋友或者同袍之間兩肋插刀、情義相挺的關係；也有不限對象，為了守護自己認為的公道，路見不平拔刀相助的「俠義」。這樣的「義」在《三國演義》、《水滸傳》等明清小說中被極力強調，到今日仍是許多人重視的價值觀。

現代所說的義氣，內涵大致是不背叛朋友、不吝於伸出援手，甚至是不計代價的幫助朋友。然而這樣的義氣是否合於原本的「正義」是值得討論的問題。有些幫派之間的糾紛也會打著「義氣」的名號，為了替朋友出一口氣而聚眾鬥毆，和「義」的本質也就差得越來越遠了。

1. 請說明你認為原本的「正義」與後來的「義氣」差別是什麼。
2. 請查找《三國演義》或《水滸傳》中關於「義氣」的人物與故事，並簡單說明為什麼這個人物的所作所為被認為是有義氣的。
3. 那些以義氣為名的行為，哪些你能接受？哪些你不能接受？
4. 在你的成長過程中，是否聽過什麼故事是講述朋友之間相處應有的原則？
5. 對你來說，朋友相處應該遵循什麼原則？為什麼這個原則對你是重要的？

---

1 出處：魏晉《世說新語・德行》。

第二十一課　莊子送葬

莊子送葬，過惠子之墓，顧謂從者曰：「郢人堊慢其鼻端若蠅翼，使匠石斲之。匠石運斤成風，聽而斲之，盡堊而鼻不傷，郢人立不失容。宋元君聞之，召匠石曰：『嘗試為寡人為之。』匠石曰：『臣則嘗能斲之。雖然，臣之質死久矣。』自夫子之死也，吾无以為質矣，吾无與言之矣。」[1]

前情提要

莊子：戰國宋國人，道家代表人物之一。

惠子：戰國宋國人，名家代表人物之一。

兩人的關係既是好友，亦為辯論的對手，可見名篇《莊子・秋水》中的濠梁之辯。

課前預習

1. 請在下文標示出「矣」語法點。

   匠石曰：「臣則嘗能斲之。雖然，臣之質死久矣。」自夫子之死也，吾无以為質矣，吾无與言之矣。

2. 請指出下列句子中的題旨，如不在句內，請補上。

   (1) 郢人堊慢其鼻端若蠅翼，使匠石斲之。

(2)自夫子之死也，吾无以為質矣，吾无與言之矣。

3. 「雖然，臣之質死久矣」與「吾无以為質矣」中的「質」指的人為何？

詞語表

文言詞	讀音	詞義解釋	現代關聯詞語
1. 送葬	sòng zàng	將死者遺體送到埋葬的地點。	
2. 顧	gù	回頭看。	瞻前顧後
3. 堊	è	白色的土。	白堊
4. 慢	màn	又作「漫」。塗上、沾上。	
5. 斲	zhuó	砍、削。	斲木、斲鼻
6. 運	yùn	使用。	運筆
7. 斤	jīn	斧頭。	斧斤
8. 容	róng	容貌。此指面部表情無改，無驚慌失措、大驚失色的狀況發生。	
9. 召	zhào	召喚，特指上對下的用法。	召見
10. 質	zhí	對象。	

語法點

1. A也－表述：由「也」註記 A 為題旨。

(1)當是時也，禹八年於外，三過其門而不入。（《孟子・滕文公上》）

(2)宋殤公之即位也，公子馮出奔鄭。（《左傳・隱公四年》）

(3)衛之亂也，郕人侵衛，故衛師入郕。（《左傳・隱公五年》）

(4)吾聞國家之立也，本大而末小，是以能固。（《左傳・桓公二年》）

(5)子曰：「人之過也，各於其黨。觀過，斯知仁矣。」（《論語・里仁》）

2. 句末「矣」：

a. 表示已經

(1)其子趨而往視之，苗則槁矣。（《孟子・公孫丑上》）

(2)曰：「吾聞楚有神龜，死已三千歲矣，王巾笥而藏之廟堂之上。」（《莊子・秋水》）

(3)子之辭靈丘而請士師，似也，為其可以言也。今既數月矣，未可以言與？（《孟子・公孫丑下》）

(4)晉侯在外，十九年矣。（《左傳・僖公二十八年》）

(5)臣老矣，不可問也。（《韓非子・十過》）

b. 表示論斷或評價

(1)夫尹公之他，端人也，其取友必端矣。（《孟子・離婁下》）

(2)臾駢曰：「使者目動而言肆，懼我也，將遁矣。薄諸河，必敗之。」（《左傳・文公十二年》）

(3)夫寵而不驕，驕而能降，降而不憾，憾而能眕者，鮮矣。（《左傳・隱公三年》）

(4)子曰：「溫故而知新，可以為師矣。」（《論語・為政》）

(5)子謂韶，「盡美矣，又盡善也。」（《論語・八佾》）

課後測驗

1. 請說明下列選項中「矣」的功能。

(1)日居月諸，胡迭而微？心之憂矣，如匪澣衣。（《詩經・邶風・柏舟》）

(2)子曰：「德薄而位尊，知小而謀大，力小而任重，鮮不及矣。」（《周易・繫辭下》）

(3)梧桐生矣，于彼朝陽。（《詩經・大雅・卷阿》）

(4)齊已言取之矣，其實未之齊也。（《春秋公羊傳・宣公十年》）

(5)許既伏其罪矣，雖君有命，寡人弗敢與聞。（《左傳・隱公十一年》）

2. 下列哪些選項中的「也」與本課的語法點相同？

(1)「含章可貞」，以時發也，「或從王事」，知光大也。（《周易・坤・象》）

(2)夫玄黃者，天地之雜也，天玄而地黃。（《周易・坤・文言》）

(3)古者包犧氏之王天下也，仰則觀象於天，俯則觀法於地，觀鳥獸之文，與地之宜，近取諸身，遠取諸物，於是始作八卦，以通神明之德，以類萬物之情。（《周易・繫辭下》）

(4)夏，翬帥師會齊人、鄭人伐宋。此公子翬也，何以不稱公子？貶。（《春秋公羊傳・隱公十年》）

(5)十有一月，壬戌，晉侯及秦伯戰于韓，獲晉侯。此偏戰也，何以不言師敗績？君獲，不言師敗績也。（《春秋公羊傳・僖公十五年》）

3. 郢人跟匠石這個故事有何含義？

4. 承上，這個故事跟莊子、惠子有何關聯？

5. 請將下列句子翻譯成現代語體文。

匠石運斤成風，聽而斲之，盡堊而鼻不傷，郢人立不失容。

文化引導

關於「知己」，中國歷代還有伯牙跟鍾子期這一對摯友，他們透過音樂相知相惜，更有一段「伯牙絕絃」的美談：[2]

> 伯牙善鼓琴，鍾子期善聽。伯牙鼓琴，志在登高山。鍾子期曰：「善哉！峨峨兮若泰山！」志在流水。鍾子期曰：「善哉！洋洋兮若江河！」伯牙所念，鍾子期必得之。（《列子·湯問》）

伯牙擅長彈琴，鍾子期擅長聽琴曲，並能將琴意了然於心。伯牙奏琴時，心中想到巍峨的高山，鍾子期說：「好啊！就好像是巍峨的泰山矗立於此。」心中想到寬廣的流水時，鍾子期就會說：「好啊！就像是一望無際汪洋的大江大河。」伯牙心中所想，鍾子期一定能夠精準會意。

> 鍾子期死，伯牙破琴絕弦，終身不復鼓琴，以為世無足復為鼓琴者。（《呂氏春秋·孝行覽·本味》）

鍾子期死之後，伯牙將琴摔破、挑斷琴弦，終生再也不彈琴，因他認為這世上再也沒有一個值得他為其彈琴的人了。

> 昔伯牙絕絃於鍾期，仲尼覆醢於子路，痛知音之難遇，傷門人之莫逮。（曹丕〈與吳質書〉）

從前伯牙為了鍾子期而挑斷了琴弦再也不彈琴，孔子得知自己的弟子子路在衛國慘遭醢刑（醢，肉醬），從此見到肉醬都會請人將它倒掉，不再食用；前者是因為悲痛知音難尋，後者則為再也沒有一個弟子像子路一樣而哀傷。

1. 為何鍾子期終生不再彈琴？
2. 「鍾子期死，伯牙破琴絕弦，終身不復鼓琴，以為世無足復為鼓琴者。」鍾子期終身不再彈琴，除了失去知音的感慨之外，你覺得還有什麼含義？
3. 曹丕以「痛知音之難遇」解釋伯牙為什麼「絕絃於鍾期」，請想想「痛」和「絕絃」的關係。

4. 請試著歸納並定義何謂「知音」？

5. 請分享其他關於「知音」的例子。

_____

1 出處：戰國《莊子·徐无鬼》。
2 依《教育部國語辭典》解釋，「絃」字同「弦」，指裝於樂器以彈奏發聲的絲、線。

第二十二課　大義滅親

厚從州吁如陳。石碏使告于陳曰：「衛國褊小，老夫耄矣，無能為也。此二人者，實弒寡君，敢即圖之。」陳人執之，而請涖于衛。九月，衛人使右宰醜涖殺州吁于濮。石碏使其宰獳羊肩涖殺石厚于陳。君子曰：「石碏，純臣也。惡州吁而厚與焉。『大義滅親』，其是之謂乎！」[1]

前情提要

衛莊公非常喜歡州吁這個兒子，甚至將兵權交給他。石碏勸衛莊公不要這麼做，但衛莊公不聽，而石碏的兒子石厚又和州吁關係很好。

衛莊公過世，州吁的哥哥繼位為衛桓公，州吁殺了他自立為王。州吁的行為得不到人民的愛戴，石厚便向父親石碏請教如何讓州吁的王位穩固。石碏說州吁必須得到周天子的認可，建議他們請求陳國將州吁引介給周天子。於是石厚便和州吁前往陳國。

課前預習

1. 請閱讀前情提要和課文，整理州吁、石厚、石碏、衛莊公、衛桓公等人之間的關係。

2. 請標示出課文中的動詞。

3. 請指出下列句子中的題旨，如不在句內，請補上。

石碏使告于陳曰：「衛國褊小，老夫耄矣，無能為也。此二人者，實弒寡君，敢即圖之。」

詞語表

文言詞	讀音	詞義解釋	現代關聯詞語
1. 如	rú	去、往、至。	如廁
2. 使	shǐ	命令、派遣。	差使
3. 告	gào	訴說。	告訴、報告
4. 褊	biǎn	狹小的、狹隘的。	褊狹
5. 耄	mào	年老的。	耄耋
6. 實	shí	真正、真確。	事實、確實
7. 弒	shì	地位較低的人殺死地位較高的人。例如：臣子殺死君王、子女殺死父母。	
8. 寡君	guǎ jūn	我的君王。	
9. 即	jí	便、就。	即可
10. 圖	tú	策劃、考慮。	圖謀
11. 執	zhí	拘捕、捉拿。	
12. 涖	lì	現作「蒞」。來到。	蒞臨
13. 宰₁	zǎi	職稱，在宮廷政治中具有權力的長官。	宰相
14. 宰₂	zǎi	職稱，家臣的長官。	
15. 純	chún	非常的、極致的。	
16. 惡	wù	憎恨、討厭。	厭惡
17. 與	yù	親近、交往。	
18. 焉	yān	此指州吁。	
19. 其	qí	大概、大約，表示推測。	
20. 謂	wèi	意思、道理。	無謂

語法點

1. 謙敬副詞「敢」：表示冒昧請求。

(1)若亡鄭而有益於君，敢以煩執事。（《左傳・僖公三十年》）

(2)寡人懼不免於晉，今君曰「將有亂」，敢問天道乎，抑人故也？（《國語・周語下》）

(3)然願請君之衣而擊之，雖死不恨。非所望也，敢布腹心。（《戰國策・趙策》）

(4)弊邑之師過大國之郊，曾無一介之使以存之乎？敢請其罪。（《戰國策・宋衛策》）

(5)樊遲從遊於舞雩之下，曰：「敢問崇德、脩慝、辨惑。」（《論語・顏淵》）

2. 句末「也」：表示指認。

(1)恭近於禮，遠恥辱也。（《論語・學而》）

(2)不患人之不己知，患不知人也。（《論語・學而》）

(3)「否之匪人，不利君子貞，大往小來」，則是天地不交而萬物不通也，上下不交而天下无邦也。（《周易・否・彖》）

(4)齊侯曰：「大夫之許，寡人之願也；若其不許，亦將見也。」（《左傳・成公二年》）

(5)鬭伯比言于楚子曰：「吾不得志於漢東也。」（《左傳・桓公六年》）

3. 句末「乎」：表示詢問。

(1)有所不安乎？如是，何不相告也？（《戰國策・魏策》）

(2)管子進曰：「君何求乎？」（《春秋公羊傳・莊公十三年》）

(3)潘崇曰：「能事諸乎？」曰：「不能。」「能行乎？」曰：「不能。」「能行大事乎？」曰：「能。」（《左傳・文公元年》）

(4)晉侯謂女叔齊曰：「魯侯不亦善於禮乎？」（《左傳・昭公五年》）

(5)天地盈虛，與時消息，而況於人乎？況於鬼神乎？（《周易・豐・彖》）

課後測驗

1. 下列哪些選項中的「惡」和本課「惡州吁而厚與焉」的「惡」意思相同？

   (1) 子曰：「唯仁者能好人，能惡人。」（《論語・里仁》）

   (2) 貧與賤是人之所惡也，不以其道得之，不去也。（《論語・里仁》）

   (3) 君子去仁，惡乎成名？（《論語・里仁》）

   (4) 君子曰：「善不可失，惡不可長，其陳桓公之謂乎！」（《左傳・隱公六年》）

   (5) 莊公寤生，驚姜氏，故名曰寤生，遂惡之。愛共叔段，欲立之。（《左傳・隱公元年》）

2. 下列哪些選項中的「敢」和本課「敢即圖之」的「敢」相同？

   (1) 丈夫年二十，毋敢不處家。女子年十五，毋敢不事人。（《墨子・節用上》）

   (2) 父教子倍，亦非君之所喜也。敢再拜辭。（《戰國策・魏策》）

   (3) 無忌，小人也，困於思慮，失言於君，敢再拜釋罪。（《戰國策・魏策》）

   (4) 穎考叔曰：「敢問何謂也？」（《左傳・隱公元年》）

   (5) 以位，則子，君也；我，臣也。何敢與君友也？（《孟子・萬章下》）

3. 石碏為什麼要派人通知陳國捉捕州吁和石厚？

4. 請從你學過的課文中，找出和「老夫耄矣」功能相同的「矣」。

5. 請將下列句子翻譯成現代語體文。

   君子曰：「石碏，純臣也。惡州吁而厚與焉。『大義滅親』，其是之謂乎！」

文化引導

石碏同時身為一個忠臣和一位父親，面對自己的兒子跟隨著弒君上位的人，究竟要顧念父子之情而坐視不管，還是為了國家討伐逆反？在父子、君臣兩種人倫關係的掙扎之下，石碏選擇了後者——國家的興亡影響無數百姓，比起自己失去一個兒子重要得多。這樣的犧牲並不是人人都能做到，石碏因此受到後人的讚美：為了大義，不惜滅親。

然而，在《孟子·盡心上》中有一個相反的例子：

> 桃應問曰：「舜為天子，皋陶為士，瞽瞍殺人，則如之何？」孟子曰：「執之而已矣。」「然則舜不禁與？」曰：「夫舜惡得而禁之？夫有所受之也。」「然則舜如之何？」曰：「舜視棄天下，猶棄敝蹝也。竊負而逃，遵海濱而處，終身訢然，樂而忘天下。」

舜身為一個孝子、一位聖王，假如他的父親殺人了，他該怎麼做？若他選擇包庇父親，他將不再是一位聖王；如果他放任父親受到制裁，他將愧對孝子的名譽。孟子給出的答案是：身為君王，舜必須允許司法追捕其父親，然而他可以脫去這個身分，單純以兒子的立場帶著父親逃走。

同樣是背負著不同身分的矛盾，這兩則故事卻提供了截然不同的做法，可見古人不會只因一個人包庇親人就指責他不義，也不會只因一個人割捨親情就讚美他「大義滅親」。所以說「義」表示合宜之事，同樣的行為在不同的情境下會得到不同的評價，採取任何行動都要經過通盤的考量權衡。《論語·里仁》記載孔子說：「君子之於天下也，無適也，無莫也，義之與比。」這正是要告訴我們，君子凡事以義為標準，沒有什麼非做不可的事，也沒有什麼絕不能做的事。

1. 如果你是石碏，你會如何選擇？如果你是舜，又會怎麼做？
2. 你認同「大義滅親」的價值觀嗎？為什麼？

3. 想想看，為什麼這兩則故事的主角做了不同的決定，卻都被認為是對的？

4. 當你面對兩難的抉擇時，什麼會是你最重要的行為準則？

5. 在許多電影中也都討論何為「正義」，例如《金牌特務》（*Kingsman*）、《復仇者聯盟》（*The Avengers*）。你認為「正義」是什麼？

相關成語

大義滅親：為了維護公理正義，對犯罪的親人不因為私人感情而包庇，使其接受應得的法律制裁。

例句：為了不讓孩子繼續做錯事，這位母親不惜大義滅親，向警方舉報自己的兒子吸毒。

---

1 出處：春秋《左傳·隱公四年》。文字及標點依楊伯峻著，《春秋左傳注》上冊（北京：中華書局，2009 年），頁 37-38。

第二十三課　鉬麑觸槐

宣子驟諫，公患之，使鉬麑賊之。晨往，寢門闢矣，盛服將朝。
尚早，坐而假寐。麑退，歎而言曰：「不忘恭敬，民之主也。
賊民之主，不忠；棄君之命，不信。有一於此，不如死也。」
觸槐而死。[1]

課前預習

參考資料

1. 請閱讀本課參考資料，說明你對儒家文化中「忠」和
   「信」的認識，並據此說明文中鉬麑為何選擇自殺。

2. 請標示出下列句子中的語法點。
   (1) 晨往，寢門闢矣，盛服將朝。

   (2) 尚早，坐而假寐。

   (3) 有一於此，不如死也。

3. 請標示出下列句子中的［題旨－表述］。

   (1) 宣子驟諫，公患之，使鉏麑賊之。

   (2) 麑退，歎而言曰：「不忘恭敬，民之主也。賊民之主，不忠；棄君之命，不信。有一於此，不如死也。」

4. 根據本課，鉏麑最後為何觸槐而死？

詞語表

文言詞	讀音	詞義解釋	現代關聯詞語
1. 驟	zòu	常常、屢次。	驟變、狂風驟雨
2. 諫	jiàn	用言語或行動勸告別人改正錯誤。	勸諫、規諫
3. 公	gōng	古代爵位。此指晉靈公。	
4. 患	huàn	憂慮、憂心。	患得患失
5. 使	shǐ	命令、派遣。	使喚
6. 賊	zé	傷害、殺害。	賊害、戕賊
7. 晨	chén	早上太陽剛出來的時候。	清晨、早晨
8. 往	wǎng	去。	前往、人來人往
9. 寢	qǐn	臥室、居室。	寢室
10. 闢	pì	打開。	開天闢地
11. 盛	shèng	大規模的。此指服裝的正式。	盛大、盛事
12. 服	fú	衣裝、衣裳的總稱。	制服、禮服
13. 朝	cháo	見人。多用於古代下見上、卑見尊時。	
14. 尚	sháng	猶、還。	尚未

文言詞	讀音	詞義解釋	現代關聯詞語
15. 假寐	jiǎ mèi	閉目養神。	
16. 退	tuì	離去、離開。	退席、早退
17. 言	yán	說、講。	難言之隱、知無不言
18. 主	zhǔ	領導者。	教主、一家之主
19. 棄	qì	拋開、捨去。	放棄、丟棄
20. 命	mìng	上級對下級的指示。	遵命、奉命
21. 此	cǐ	這個。	此人、此事
22. 觸	chù	碰撞。此指撞槐樹。	觸電、一觸即發
23. 槐	huái	植物名，豆科槐樹屬，「豆槐」、「槐樹」的簡稱。	槐樹

語法點

1. 句末「矣」：表示已經。

(1)其子趨而往視之，苗則槁矣。（《孟子·公孫丑上》）

(2)曰：「吾聞楚有神龜，死已三千歲矣，王巾笥而藏之廟堂之上。」（《莊子·秋水》）

(3)石碏使告于陳曰：「衛國褊小，老夫耄矣，無能為也。」（《左傳·隱公四年》）

(4)夏后殷周之相受也，數百歲矣。（《墨子·耕柱》）

(5)君王后曰：「老婦已亡矣！」（《戰國策·齊策》）

2. X＋不如＋Y：表示 X 不像 Y 那麼好。

(1)死而不孝，不如逃之。（《左傳·閔公二年》）

(2)〔昭〕公曰：「不能其大夫至于君祖母以及國人，諸侯誰納我？且既為人君，而又為人臣，不如死。」（《左傳·文公十六年》）

(3)與其為善於鄉也，不如為善於里；與其為善於里也，不如為善於家。（《國語·齊語》）

(4) 秦王之計曰：「魏不與我約，必攻我；我與其處而待之見攻，不如先伐之。」（《戰國策‧秦策》）

(5) 孟子曰：「天時不如地利，地利不如人和。三里之城，七里之郭，環而攻之而不勝。夫環而攻之，必有得天時者矣；然而不勝者，是天時不如地利也。城非不高也，池非不深也，兵革非不堅利也，米粟非不多也；委而去之，是地利不如人和也。」（《孟子‧公孫丑下》）

3. 連詞「而」：連接表述成分。

a. 時間

燕虐其民，王往而征之。（《孟子‧梁惠王上》）

b. 因果

聖人不凝滯於物，而能與世推移。（《楚辭‧漁父》）

c. 平行

故君子敬始而慎終。終始如一，是君子之道，禮義之文也。（《荀子‧禮論》）

d. 對照

子曰：「不怨天，不尤人。下學而上達，知我者其天乎！」（《論語‧憲問》）

e. 限定

故宋公、陳侯、蔡人、衛人伐鄭，圍其東門，五日而還。（《左傳‧隱公四年》）

f. 轉折

史曰：「爾為仁為義，人弒爾君，而復國不討賊，此非弒君如何？」（《春秋公羊傳‧宣公六年》）

課後測驗

1. 下列哪些選項中的「之」與本課「公患之」的「之」詞性相同？

   (1) 南郭處士請為王吹竽，宣王說之。廩食以數百人。（《韓非子‧內儲說上》）

   (2) 人告曾參母曰：「曾參殺人。」曾子之母曰：「吾子不殺人。」（《戰國策‧

秦策》）

(3)人有亡鈇者，意其鄰之子。（《呂氏春秋・有始覽・去尤》）

2. 下列哪些選項中的「而」與本課「歎而言曰」的「而」功能不同？

(1)孔子過泰山側，有婦人哭於墓者而哀。夫子式而聽之，使子路問之。（《禮記・檀弓下》）

(2)燭鄒，汝為吾君主鳥而亡之，是罪一也；使吾君以鳥之故殺人，是罪二也；使諸侯聞之，以吾君重鳥以輕士，是罪三也。（《晏子春秋・外篇・重而異者》）

(3)齊人有一妻一妾而處室者。（《孟子・離婁下》）

(4)故西施病心而矉其里，其里之醜人見之而美之，歸亦捧心而矉其里。（《莊子・天運》）

3. 請在閱讀完課文之後，說明為什麼鉏麑在見到趙盾之後沒殺死他？

4. 按照鉏麑的認知，何謂「忠」、「信」？

5. 請將下列句子翻譯成現代語體文。若題旨被省略，請補上題旨再翻譯。

(1)晨往，寢門闢矣，盛服將朝。

(2)不忘恭敬，民之主也。賊民之主，不忠；棄君之命，不信。有一於此，不如死也。

文化引導

本課中最重要的兩個概念分別是「忠」和「信」。

在教育部辭典裡，「忠」的解釋是「盡心誠意待人處事的美德」。《左傳·僖公九年》中提到「公家之利，知無不為，忠也」，指對國家有利的事情，只要知道，都會去做。可見在儒家傳統中「忠」可進一步理解為對國家盡心，因此對文中的鉏麑來說，殺掉為國家著想的人是「不忠」。

而「信」的解釋則是「誠實不欺」，課文中鉏麑認為違背國君的命令是「不信」。《左傳·成公九年》中對「信」的解釋是：「不背本，仁也；不忘舊，信也；無私，忠也；尊君，敬也。」這裡對信的解釋是不忘舊、不遺棄以前的交情。國君的命令在前，因此鉏麑若違背命令，則是「不信」。

至於「信」在春秋時期的重要性則可以從《左傳·僖公二十五年》的記載中看見：

〔二十五年〕冬，晉侯圍原，命三日之糧。原不降，命去之。諜出，曰：「原將降矣。」軍吏曰：「請待之。」公曰：「信，國之寶也，民之所庇也。得原失信，何以庇之？所亡滋多。」退一舍而原降。

晉侯說，「信」是國家之寶，不願意為了能獲得「原」這個地方而失去「信」。除此之外，孔子也曾說過「人而無信，不知其可也」。由此可見信對當時人的重要性。

因為忠和信都是鉏麑及許多當時人不可違背的信念，所以在這兩個信念互相違背的狀況下，鉏麑最後選擇了自殺。

1. 請說明儒家文化中的「忠」和「信」。
2. 承上題，你是否贊同儒家文化中的「忠」和「信」？
3. 請說明鉏麑為何認為「賊民之主，不忠」？
4. 鉏麑的困境是什麼？
5. 如果面對類似的情況，你會怎麼處理？

相關成語

忠言逆耳：誠懇正直的規勸往往刺耳，而不易被人接受。也有人會說「良藥苦口，忠言逆耳」。

例句：也許你覺得父母給你的建議很刺耳，但忠言逆耳，他們說的話是真的為了你好。

1　出處：春秋《左傳・宣公二年》。

第二十四課　晏子之御感妻言

晏子為齊相，出，其御之妻從門閒而闚，其夫為相御，擁大蓋，策駟馬，意氣揚揚，甚自得也。既而歸，其妻請去。夫問其故，妻曰：「晏子長不滿六尺，相齊國，名顯諸侯。今者妾觀其出，志念深矣，常有以自下者。今子長八尺，迺為人僕御；然子之意，自以為足，妾是以求去也。」其後，夫自抑損。晏子怪而問之，御以實對，晏子薦以為大夫。[1]

課前預習

1. 請標示出下列句子中的語法點。

   (1)今子長八尺，迺為人僕御；然子之意，自以為足，妾是以求去也。

   (2)晏子怪而問之，御以實對，晏子薦以為大夫。

2. 請指出下列句子中的題旨，如不在句內，請補上。

   (1)晏子為齊相，出，其御之妻從門閒而闚，其夫為相御，擁大蓋，策駟馬，意氣揚揚，甚自得也。

(2)今子長八尺，迺為人僕御；然子之意，自以為足，妾是以求去也。

3. 「其御之妻從門閒而闚」，妻子看到了什麼？

詞語表

文言詞	讀音	詞義解釋	現代關聯詞語
1. 御₁	yù	駕車的車伕。	御者
2. 闚	kuī	同「窺」。偷看。	
3. 御₂	yù	駕車。	
4. 擁	yǒng	持。	
5. 策	cè	鞭打、督促。	策馬、鞭策
6. 駟馬	sì mǎ	四匹拉車的馬。	
7. 意氣揚揚	yì qì yáng yáng	志得意滿意氣風發的樣子。	
8. 自得	zì dé	感到滿意、得意。	
9. 歸	guī	返回。	歸鄉
10. 去	qù	離開。文中意指結束婚姻關係。	去職
11. 故	gù	原因。	緣故
12. 長	cháng	長度，此指身長。	身長
13. 自下	zì xià	謙遜。	
14. 迺	nǎi	通「乃」。竟然、居然。	
15. 以為	yǐ wéi	認為。	不以為然
16. 抑損	yì sǔn	謙遜有禮。	

語法點

1. 連詞「既而」：相當於「不久後」。

(1)楚莊王卒，楚師不出。既而用晉師，楚於是乎有蜀之役。（《左傳·宣公十八年》）

(2)乃使巫以桃、茢先祓殯。楚人弗禁，既而悔之。（《左傳·襄公二十九年》）

(3)有荷蕢而過孔氏之門者，曰：「有心哉！擊磬乎！」既而曰：「鄙哉！硜硜乎！莫己知也，斯己而已矣。深則厲，淺則揭。」（《論語·憲問》）

(4)公子糾走魯，公子小白奔莒。既而國殺無知，未有君，公子糾與公子小白皆歸，俱至，爭先入公家。（《呂氏春秋·開春論·貴卒》）

(5)其次曰始无有，既而有生，生俄而死。（《莊子·庚桑楚》）

2. 有＋連詞「以」：相當於「有……可以……」。

(1)吾先君得之也，必有以取之；其亡之也，亦有以棄之。（《國語·吳語》）

(2)故有得神以興，亦有以亡，虞、夏、商、周皆有之。（《左傳·莊公三十二年》）

(3)孟子對曰：「殺人以梃與刃，有以異乎？」（《孟子·梁惠王上》）

(4)夫子，君子也。君子有信，其有以知之矣。（《左傳·昭公二年》）

(5)孟子見梁惠王。王曰：「叟不遠千里而來，亦將有以利吾國乎？」（《孟子·梁惠王上》）

3. 連詞「是以」：表示結果，相當於「所以」、「因此」。

(1)鄭音好濫淫志，宋音燕女溺志，衛音趣數煩志，齊音驁辟驕志，四者皆淫於色而害於德，是以祭祀不用也。（《史記·樂書》）

(2)地侵于齊，貨竭于晉，是以亡也。（《晏子春秋·內篇·問下》）

(3)文公曰：「吾聞能戰勝安者唯聖人，是以懼。」（《史記·晉世家》）

(4)民之饑，以其上食稅之多，是以饑。（《老子·德經》）

(5)今者任座之言直，是以知君之賢也。（《呂氏春秋·不苟論·自知》）

課後測驗

1. 下列哪一個選項中的「歸」與本課「既而歸」的「歸」意思相同？

   (1)季平子怒，因歸郈氏之宮而益其宅。（《呂氏春秋‧先識覽‧察微》）

   (2)孰歸之？諸侯歸之。曷為不言諸侯歸之？（《春秋公羊傳‧定公五年》）

   (3)冬，齊人來歸衛寶，文姜請之也。（《左傳‧莊公六年》）

   (4)有過而反之於身，則身懼。有善而歸之於民，則民喜。（《管子‧小稱》）

   (5)眾以美物歸女，而何德以堪之？（《史記‧周本紀》）

2. 下列哪一個選項中的「是以」與本課的語法點不同？

   (1)鄉臣遇之，猶求其馬，臣是以知其敗也。（《呂氏春秋‧離俗覽‧適威》）

   (2)夫唯弗居，是以不去。（《老子‧道經》）

   (3)後復見王，王志在音聲：吾是以默然。（《史記‧孟子荀卿列傳》）

   (4)晏子對曰：「今日見怯君一，諛臣三人，是以大笑。」（《晏子春秋‧外篇‧重而異者》）

   (5)然而夷子葬其親厚，則是以所賤事親也。（《孟子‧滕文公上》）

3. 為什麼文中的僕御起初「意氣揚揚，甚自得也」，而後轉變為「抑損」？

4. 文中使用哪些部分來比較晏子與僕御？為什麼以這些部分來比較？請詳細說明原因。

5. 請將下列句子翻譯成現代語體文。

   晏子為齊相，出，其御之妻從門閒而闚，其夫為相御，擁大蓋，策駟馬，意氣揚揚，甚自得也。

文化引導

古代文獻裡有許多關於賢德婦人的記載，下面是另一則：

> 陶公少時，作魚梁吏，嘗以坩鮓（醃製的魚）餉母。母封鮓付使，反書責
> 侃曰：「汝為吏，以官物見餉，非唯不益，乃增吾憂也。」（《世說新語·
> 賢媛》）

陶侃年少的時候擔任掌管捕魚的小官，曾拿著醃漬的魚孝敬母親。他的母親將
禮物退回，並寄信責怪他：「你作為一個小官，拿官府的物資給我，這不僅對
我沒有好處，還增加我的憂心。」

還有一些記載表現出女子的智慧，例如：

> 桓車騎不好箸新衣。浴後，婦故送新衣與。車騎大怒，催使持去。婦更持還，
> 傳語云：「衣不經新，何由而故？」桓公大笑，箸之。（《世說新語·賢媛》）

1. 晏子車伕的妻子如何勸告丈夫？
2. 陶侃的母親收到贈禮後如何反應？
3. 為什麼她們被認為是賢德女子？
4. 請指出桓車騎夫人展現的智慧。
5. 在你的文化中，如何看待這樣的女子？

---

1 出處：戰國《晏子春秋·內篇·雜上》。

第二十五課　阮氏捉裾

許允婦是阮衛尉女，德如妹，奇醜。交禮竟，允無復入理，家人深以為憂。會允有客至，婦令婢視之，還答曰：「是桓郎。」桓郎者，桓範也。婦云：「無憂，桓必勸入。」桓果語許云：「阮家既嫁醜女與卿，故當有意，卿宜察之。」許便回入內。既見婦，即欲出。婦料其此出，無復入理，便捉裾停之。許因謂曰：「婦有四德，卿有其幾？」婦曰：「新婦所乏唯容爾。然士有百行，君有幾？」許云：「皆備。」婦曰：「夫百行以德為首，君好色不好德，何謂皆備？」允有慚色，遂相敬重。[1]

課前預習

參考資料

1. 請閱讀本課參考資料，並解釋許允原先為何不理會妻子。

2. 請標示出下列句子中的語法點「唯＋X＋爾」，並說明為什麼這一句使用了這個語法點。
   婦曰：「新婦所乏唯容爾。然士有百行，君有幾？」

3. 請在下文標示出［題旨－表述］。
   許允婦是阮衛尉女，德如妹，奇醜。交禮竟，允無復入理，家人深以為憂。
   會允有客至，婦令婢視之，還答曰：「是桓郎。」

4. 阮氏如何規勸許允？許允如何反應？

詞語表

文言詞	讀音	詞義解釋	現代關聯詞語
1. 婦	fù	妻子。	夫婦
2. 奇	qí	極、甚。	
3. 交	jiāo	互相、彼此。	交談、交戰
4. 竟	jìng	完畢、結束。	未竟之業
5. 復	fù	再、又。	死灰復燃
6. 理	lǐ	對別人的言行有所反應。	理會
7. 會	huì	恰巧、適逢。	
8. 婢	bì	舊稱供使喚的丫頭。	婢女
9. 還	huán	返回、回來。	衣錦還鄉
10. 答	dá	應對、回覆別人的問題。	回答、答覆
11. 郎	láng	對男子的美稱。	
12. 果	guǒ	確實、的確。表示事情如預期發展。	果然、果真
13. 語	yù	告訴。	
14. 云	yún	說。	人云亦云、不知所云
15. 既₁	jì	表示前後情況有連帶關係。	既然
16. 與	yǔ	給予。	贈與、授與
17. 卿₁	qīng	對同輩的敬稱。	
18. 故	gù	本來。	
19. 當	dāng	應該。	
20. 宜	yí	應當、應該。	不宜
21. 察	chá	明辨、瞭解。	明察秋毫
22. 既₂	jì	已經。	不溯既往
23. 即	jí	便、就。	即可
24. 料	liào	估量、猜測。	預料、不出所料
25. 裾	jū	衣服的後襟。	
26. 因	yīn	就、乃。	

文言詞	讀音	詞義解釋	現代關聯詞語
27. 謂	wèi	說。	
28. 卿₂	qīng	夫對妻的稱呼。	
29. 乏	fá	缺少、欠缺。	缺乏
30. 唯	wéi	只有。	唯獨、唯一
31. 容	róng	外貌。	容貌
32. 爾	ěr	而已、如此。	不過爾爾
33. 行	xìng	舉止。	品行
34. 備	bèi	齊全、完整。	完備
35. 色	sè	容貌美麗的婦女。	女色、姿色
36. 何謂	hé wèi	相當於「什麼叫作……？」	
37. 慚	cán	羞愧。	慚愧、大言不慚

語法點

1. A 者－B 也：由「者」註記 A 為題旨，「也」註記 B 為表述。

(1)所臨唯信，信者，言之瑞也，善之主也，是故臨之。（《左傳‧襄公九年》）

(2)孔子對曰：「政者，正也。子帥以正，孰敢不正？」（《論語‧顏淵》）

(3)兵者，詭道也。故能而示之不能，用而示之不用。（《孫子兵法‧始計》）

(4)凡禹之所以為禹者，以其為仁義法正也。（《荀子‧性惡》）

(5)設為庠序學校以教之：庠者，養也；校者，教也；序者，射也。（《孟子‧
滕文公上》）

2. 唯＋X＋爾：只是／只有 X 而已。

(1)唯在少欲知足，為立涯限爾。（《顏氏家訓‧止足》）

(2)天下諸侯宜為君者，唯魯侯爾！（《春秋公羊傳‧莊公十二年》）

(3)其在宗廟朝廷，便便言，唯謹爾。（《論語‧鄉黨》）

(4)夫以少少之眾，能立大大之功，唯君爾。（《孔叢子‧嘉言》）

(5)顧未有可以報君者，唯進賢爾。（《孔叢子‧抗志》）

3. 發語詞「夫」：表示開始一句話。

(1) 夫道之妙者，不可盡書，而其近者，又不足說。（《抱朴子·內篇·至理》）

(2) 夫學者猶種樹也，春玩其華，秋登其實；講論文章，春華也，脩身利行，秋實也。（《顏氏家訓·勉學》）

(3) 今夫楊，橫樹之則生，倒樹之則生，折而樹之又生。然使十人樹楊，一人拔之，則無生楊矣。（《戰國策·魏策》）

(4) 夫以水性沈柔，入隘奔激。（《世說新語·尤悔》）

(5) 夫遙大之物，寧可度量？（《顏氏家訓·歸心》）

課後測驗

1. 下列哪些選項中的「既」是「已經」的意思？
(1) 故天下小國諸侯既許桓公，莫之敢背。（《國語·齊語》）
(2) 既不能令，又不受命，是絕物也。（《孟子·離婁上》）
(3) 王好戰，請以戰喻。填然鼓之，兵刃既接，棄甲曳兵而走。（《孟子·梁惠王上》）
(4) 莫春者，春服既成。（《論語·先進》）
(5) 故知既已知之矣，言既已謂之矣，行既已由之矣，則若性命肌膚之不可易也。（《荀子·哀公》）

2. 下列哪些選項中的「夫」和本課語法點相同？
(1) 夫鼠，晝伏夜動，不穴於寢廟，畏人故也。（《左傳·襄公二十三年》）
(2) 夫州吁弒其君，而虐用其民，於是乎不務令德，而欲以亂成，必不免矣。（《左傳·隱公四年》）
(3) 故父者，子之天也。夫者，妻之天也。（《儀禮·喪服傳》）
(4) 汝去郡邑數年，為物不得動，遂及於難，夫復何言？（《世說新語·賢媛》）
(5) 夫有人民而後有夫婦，有夫婦而後有父子，有父子而後有兄弟：一家之親，此三而已矣。（《顏氏家訓·兄弟》）

3. 是誰讓許允再次面對妻子？他用了什麼方法？

4. 許允為什麼改變了對妻子的態度？

5. 請用現代語體文重新敘述這個故事。

文化引導

「三從四德」是一個長期影響中國對於女子看法的概念，早在先秦就已經出現。最原始的「三從」牽涉到喪禮的習俗。在古代，近親去世，生者會「服喪」表示哀戚。女子服喪時間的長短，取決於家長與死者的關係。《儀禮·喪服傳》記載：「婦人有三從之義，無專用之道。故未嫁從父，既嫁從夫，夫死從子。」意思是女子如果還沒出嫁，就按照父親服喪的時間，出嫁後就按照丈夫服喪的時間，要是丈夫去世，就按照兒子服喪的時間。

「四德」最早的記載出自《周禮·天官冢宰》，後來漢代班昭的《女誡》更詳細地寫出了四德的規範：婦德不必才學過人，只要清靜自持；婦言不必口舌伶俐，而是不出惡言；婦容不必明豔動人，只要乾淨整潔；婦功不必工巧過人，而是要上得了廳堂、下得了廚房。班昭認為這些並不是困難的事情，只是作為女性必須時時記住這些原則。

自此以後，「三從四德」便成了千百年來中國女子遵循的守則，而在近代女權意識抬頭後，則經常被認為是古代中國社會對女性的壓迫。許允的妻子阮氏令人敬佩的地方在於身為一名西晉的女性而不單方面地受這些規矩束縛，反過來以「士有百行」的標準審視丈夫，使夫妻二人站在一個相對平等的位置上。

1. 你認為「三從」的「從」是什麼意思？
2. 請以自己的話整理「四德」的內容。
3. 如果你是阮氏，會如何面對嫌棄自己的丈夫？
4. 在你的個人經驗中，有什麼規範是特別針對某個族群而訂的？
5. 你對於「特定的性別應該遵循特定的規範」有什麼想法？

1　出處：魏晉《世說新語·賢媛》。

第二十六課　舉賢而不用

文王問太公曰：「君務舉賢，而不獲其功。世亂愈甚以至危亡者，何也？」太公曰：「舉賢而不用，是有舉賢之名而無用賢之實也。」文王曰：「其失安在？」太公曰：「其失在君好用世俗之所譽而不得真賢也。」文王曰：「何如？」太公曰：「君以世俗之所譽者為賢，以世俗之所毀者為不肖。則多黨者進，少黨者退。若是則群邪比周而蔽賢，忠臣死於無罪，姦臣以虛譽取爵位。是以世亂愈甚，則國不免於危亡。」[1]

課前預習

1. 請標示出下列句子中的語法點。

   (1)其失在君好用世俗之所譽而不得真賢也。

   (2)君以世俗之所譽者為賢，以世俗之所毀者為不肖。則多黨者進，少黨者退。

2. 請指出下列句子中的題旨，如不在句內，請補上。

   若是則群邪比周而蔽賢，忠臣死於無罪，姦臣以虛譽取爵位。是以世亂愈甚，則國不免於危亡。

3. 太公認為君王舉賢卻沒有成效的原因為何？

詞語表

文言詞	讀音	詞義解釋	現代關聯詞語
1. 務	wù	致力、追求。	
2. 舉	jǔ	選拔、選用。	舉用、選賢舉能
3. 獲	huò	獲得。	獲取
4. 愈	yù	更、更加。	愈發
5. 甚	shèn	嚴重。	更甚
6. 以至	yǐ zhì	表示事物、動作或狀態的延續。相當於「直到」。	
7. 用	yòng	任用。	任用
8. 好	hào	喜歡。	喜好
9. 世俗	shì sú	普通人、一般人。	
10. 譽	yù	讚譽、稱讚。	讚譽
11. 毀	huǐ	毀謗、詆毀。	毀謗、詆毀
12. 不肖	bù xiào	不賢、無才能。	
13. 黨	dǎng	結交朋友，形成團體。	結黨營私
14. 邪	xié	品行、行為不正當的人。	
15. 比周	bì zhōu	親近、勾結。	
16. 蔽	bì	遮蔽。	遮蔽

語法點

1. 疑問代詞「安」：相當於「哪裡」、「怎麼」，解釋成「怎麼」時常組成反問形式。

(1) 子貢聞之，曰：「泰山其頹，則吾將安仰？梁木其壞，哲人其萎，則吾將安放？夫子殆將病也！」（《禮記・檀弓上》）

(2) 文帝輦過，問唐曰：「父老何自為郎？家安在？」唐具以實對。（《史記・張釋之馮唐列傳》）

(3)酈生因言六國從橫時。沛公喜,賜酈生食,問曰:「計將安出?」(《史記‧酈生陸賈列傳》)

(4)玉在山而草木潤,淵生珠而崖不枯。為善不積邪,安有不聞者乎!(《荀子‧勸學》)

(5)惠子曰:「子非魚,安知魚之樂?」莊子曰:「子非我,安知我不知魚之樂?」(《莊子‧秋水》)

2. 結構助詞「所」:指代動詞或介詞的賓語。

(1)子曰:「出門如見大賓,使民如承大祭。己所不欲,勿施於人。在邦無怨,在家無怨。」(《論語‧顏淵》)

(2)子張問:「十世可知也?」子曰:「殷因於夏禮,所損益,可知也;周因於殷禮,所損益,可知也;其或繼周者,雖百世可知也。」(《論語‧為政》)

(3)呂不韋乃使其客人人著所聞,集論以為八覽、六論、十二紀,二十餘萬言。(《史記‧呂不韋列傳》)

(4)吾嘗終日而思矣,不如須臾之所學也。吾嘗跂而望矣,不如登高之博見也。(《荀子‧勸學》)

(5)為人主者誠明於臣之所言,則別賢不肖如黑白矣。(《韓非子‧說疑》)

3. 以＋X＋為＋Y:意為「認為X是Y」或「認為X具有Y的特性」,或者「把X當作Y」。

(1)惡!是何言也!齊人無以仁義與王言者,豈以仁義為不美也?(《孟子‧公孫丑下》)

(2)今以臣愚議:秦發兵而未名所伐,則韓之用事者,以事秦為計矣。(《韓非子‧存韓》)

(3)王平子、胡毋彥國諸人,皆以任放為達,或有裸體者。(《世說新語‧德行》)

(4)李元禮風格秀整,高自標持,欲以天下名教是非為己任。(《世說新語‧德行》)

(5)穿曰:「素聞先生高誼,願為弟子久;但不取先生以白馬為非馬耳。」(《公

孫龍子 · 跡府》）

4. 介詞「於」：

a. 「於」引介施事或原因，隱含被動義

(1) 禦人以口給，屢憎於人。（《論語 · 公冶長》）

(2) 勞心者治人，勞力者治於人；治於人者食人，治人者食於人；天下之通義也。（《孟子 · 滕文公上》）

(3) 通者常制人，窮者常制於人：是榮辱之大分也。（《荀子 · 榮辱》）

b. 引介範圍

(1) 秦之攻燕也，戰於千里之外；趙之攻燕也，戰於百里之內。（《戰國策 · 燕策》）

(2) 故明主之吏，宰相必起於州部，猛將必發於卒伍。（《韓非子 · 顯學》）

5. 若是：相當於「像這樣」、「如果這樣」，「是」為代詞。

(1) 魯繆公之時，公儀子為政，子柳、子思為臣，魯之削也滋甚。若是乎賢者之無益於國也！（《孟子 · 告子下》）

(2) 不下比以闇上，不上同以疾下，分爭於中，不以私害之，若是則可謂公士矣。（《荀子 · 不苟》）

(3) 凡聽：威嚴猛厲，而不好假道人，則下畏恐而不親，周閉而不竭。若是，則大事殆乎弛，小事殆乎遂。（《荀子 · 王制》）

(4) 民好上交則貨財上流，而巧說者用。若是，則有功者愈少。（《韓非子 · 飾邪》）

(5) 君若欲害之，不若一為下水，以病其所種。下水，東周必復種稻；種稻而復奪之。若是，則東周之民可令一仰西周，而受命於君矣。（《戰國策 · 東周策》）

6. 連詞「是以」：表示結果，相當於「所以」、「因此」。

(1) 子貢曰：「紂之不善，不如是之甚也。是以君子惡居下流，天下之惡皆歸

焉。」（《論語·子張》）

(2) 故曰，為高必因丘陵，為下必因川澤。為政不因先王之道，可謂智乎？是以惟仁者宜在高位。（《孟子·離婁上》）

(3) 下之所能不同，而皆上之用也。是以大君因民之能為資，盡包而畜之，無能去取焉。（《慎子·民雜》）

(4) 今諸侯獨知愛其國，不愛人之國，是以不憚舉其國以攻人之國。（《墨子·兼愛中》）

(5) 不貴難得之貨，使民不為盜；不見可欲，使民心不亂。是以聖人之治，虛其心，實其腹，弱其志，強其骨。（《老子·道經》）

課後測驗

1. 下列哪些句子中的「以 X 為 Y」與本課的語法點相同？
   (1) 文王以民力為臺為沼。而民歡樂之，謂其臺曰靈臺，謂其沼曰靈沼，樂其有麋鹿魚鱉。（《孟子·梁惠王上》）
   (2) 齊人無以仁義與王言者，豈以仁義為不美也？其心曰「是何足與言仁義也」云爾，則不敬莫大乎是。（《孟子·公孫丑下》）
   (3) 今王公大人之君人民、主社稷、治國家，欲脩保而勿失，故不察尚賢為政之本也？何以知尚賢之為政本也？（《墨子·尚賢中》）
   (4) 胡君聞之，以鄭為親己，遂不備鄭，鄭人襲胡，取之。（《韓非子·說難》）
   (5) 周宣王即位，乃以秦仲為大夫，誅西戎。（《史記·秦本紀》）

2. 下列哪些句子中的「是以」與本課的語法點相同？
   (1) 子夏曰：「雖小道，必有可觀者焉，致遠恐泥，是以君子不為也。」（《論語·子張》）
   (2) 子夏問孝。子曰：「色難。有事，弟子服其勞，有酒食，先生饌，曾是以為孝乎？」（《論語·為政》）[2]
   (3) 不自操事而知拙與巧，不自計慮而知福與咎。是以不言而善應，不約而善增。（《韓非子·主道》）

(4)子頹之亂，又鄭之繇定。今以小忿棄之，是以小怨置大德也，無乃不可乎！（《國語‧周語中》）

(5)宣王喜文學游說之士，自如騶衍、淳于髡、田駢、接予、慎到、環淵之徒七十六人，皆賜列第，為下大夫，不治而議論。是以齊稷下學士復盛，且數百千人。（《史記‧田敬仲完世家》）

3. 請說明下列句子中「於」的功能。

(1)此無他故焉，生於節用裕民也。（《荀子‧富國》）

(2)故跖之徒問於跖曰：「盜亦有道乎？」跖曰：「何適而无有道邪！」（《莊子‧胠篋》）

(3)吳王夫差哭於軍門外三日，將從海入討齊。齊人敗之，吳師乃去。（《史記‧齊太公世家》）

(4)孟季子問公都子曰：「何以謂義內也？」曰：「行吾敬，故謂之內也。」「鄉人長於伯兄一歲，則誰敬？」曰：「敬兄。」（《孟子‧告子上》）

4. 太公為何認為「君好用世俗之所譽」會使政治混亂，國家陷入危險之中？

5. 請將下列句子翻譯成現代語體文。

君以世俗之所譽者為賢，以世俗之所毀者為不肖。則多黨者進，少黨者退。若是則群邪比周而蔽賢，忠臣死於無罪，姦臣以虛譽取爵位。是以世亂愈甚，則國不免於危亡。

6. 請將下列句子翻譯成現代語體文。

(1)以古為鑑，可知興替；以人為鑑，可明得失。（《新唐書·魏徵傳》）

（興替：興盛與衰亡；鑑：鏡子）

(2)王者以民為天，而民以食為天。（《漢書·酈陸朱劉叔孫傳》）

7. 請將下列成語翻譯成現代語體文。

(1)前所未聞

(2)無所畏忌

(3)各有所長

文化引導

太公在〈舉賢〉篇的最後一段提出了舉賢的方法：

> 太公曰：「將相分職，而各以官名舉人，按名督實，選才考能，令實當其名，名當其實，則得舉賢之道也。」

太公認為舉用賢才，將相要分工，各自依照不同官職的要求去舉用人才，並按照官職相應的要求考核工作實績。在選拔人才、考核能力時，使其實際能力與官位相稱，官位與能力相符，如此一來就掌握了舉用人才的方法。

就考核人才方面，太公提出「六守」——「仁」、「義」、「忠」、「信」、「勇」、「謀」六項標準，主張君王應用「六守」考察人才，具體的方法如下：

> 太公曰：「富之而觀其無犯，貴之而觀其無驕，付之而觀其無轉，使之而觀其無隱，危之而觀其無恐，事之而觀其無窮。」（《六韜·六守》）

使他富有，觀察他是否不違反規定；提升他的地位，觀察他是否不驕傲自負；賦予他任務，觀察他是否不轉變心意；讓他處理事務，觀察他是否不隱瞞事實；使他陷入危險，觀察他是否恐懼退縮；派他應付突發事件，觀察他是否隨機應變。

1. 請用自己的話解釋太公提出的舉賢之道。
2. 請用自己的話解釋太公如何考察人才是否符合「六守」。
3. 除了「六守」以外，你認為還有哪些重要的考核人才的標準？
4. 你對太公舉用、考察人才的方法有什麼看法？
5. 在你的文化中，選拔人才時最注重什麼？為什麼？

---

1 出處：戰國《六韜·舉賢》。
2 文字及標點依楊伯峻譯注，《論語譯注》（北京：中華書局，2009 年第 3 版），頁 15。

第二十七課　握髮吐哺

其後武王既崩，成王少，在強葆之中。周公恐天下聞武王崩而畔，周公乃踐阼代成王攝行政當國。管叔及其羣弟流言於國曰：「周公將不利於成王。」周公乃告太公望、召公奭曰：「我之所以弗辟而攝行政者，恐天下畔周，無以告我先王太王、王季、文王。三王之憂勞天下久矣，於今而后成。武王蚤終，成王少，將以成周，我所以為之若此。」於是卒相成王，而使其子伯禽代就封於魯。周公戒伯禽曰：「我文王之子，武王之弟，成王之叔父，我於天下亦不賤矣。然我一沐三捉髮，一飯三吐哺，起以待士，猶恐失天下之賢人。子之魯，慎無以國驕人。」[1]

課前預習

1. 請標示出下列句子中的語法點。

(1)武王蚤終，成王少，將以成周，我所以為之若此。

(2)然我一沐三捉髮，一飯三吐哺，起以待士，猶恐失天下之賢人。

2. 請指出下列句子中的題旨，如不在句內，請補上。

(1)於是卒相成王，而使其子伯禽代就封於魯。

(2)我之所以弗辟而攝行政者，恐天下畔周，無以告我先王太王、王季、文王。

3. 周公為什麼不前往魯國接受封地？

詞語表

文言詞	讀音	詞義解釋	現代關聯詞語
1. 崩	bēng	帝王或王后死亡。	駕崩
2. 少	shào	年幼。	年少
3. 強葆	qiáng bǎo	嬰兒的背帶與被子。現代語體文作「襁褓」。	
4. 畔	pàn	同「叛」。叛亂。	
5. 踐	jiàn	踩上、踏上。	踐踏
6. 阼	zuò	台階。此指「王位」。	
7. 攝行	shè xíng	執行、行使權力。	
8. 當	dāng	掌管、主持。	當政、當局
9. 辟	bì	通「避」。避開、躲避。	
10. 憂勞	yōu láo	為……憂心勞碌。	
11. 而后	ér hòu	然後。	
12. 成	chéng	完成、成就。	完成、成就
13. 蚤	zǎo	通「早」。	
14. 終	zhōng	崩逝、過世。	善終
15. 將	jiāng	將來、未來。	將來
16. 所以	suǒ yǐ	表示原因、緣故。	
17. 為	wéi	做。	行為、作為
18. 若	ruò	像。	
19. 卒	zú	最後。	
20. 相	xiàng	輔佐。	
21. 就	jiù	去、前往。	

文言詞	讀音	詞義解釋	現代關聯詞語
22. 封	fēng	接受分封。	
23. 戒	jiè	告誡。	告戒
24. 賤	jiàn	地位低下。	卑賤、低賤
25. 捉	zhuō	握、拿。	捉住
26. 哺	bǔ	口裡含著的食物。	
27. 猶	yóu	還、仍然。	記憶猶新
28. 之	zhī	去、前往。	
29. 慎	shèn	千萬、務必。	
30. 驕	jiāo	輕視、驕慢地對待。	驕傲

語法點

1. 介詞「於」：引介處所或範圍、對象、時間。

(1) 以為儒者所謂中國者，於天下乃八十一分居其一分耳。中國名曰赤縣神州。（《史記·孟子荀卿列傳》）

(2) 燕外迫蠻貉，內措齊、晉，崎嶇彊國之閒，最為弱小，幾滅者數矣。然社稷血食者八九百歲，於姬姓獨後亡，豈非召公之烈邪！（《史記·燕召公世家》）

(3) 子展曰：「師而伐宋可矣。若我伐宋，諸侯之伐我必疾，吾乃聽命焉，且告於楚。楚師至，吾乃與之盟，而重賂晉師，乃免矣。」（《左傳·襄公十一年》）

(4) 萬物莫如身之至貴也，位之至尊也，主威之重，主勢之隆也，此四美者不求諸外，不請於人，議之而得之矣。（《韓非子·愛臣》）

(5) 鄭伯公之為大子也，於成之十六年與子罕適晉，不禮焉。（《左傳·襄公七年》）

2. 無＋連詞「以」：相當於「沒有……可以……」。

(1) 子曰：「不知命，無以為君子也。不知禮，無以立也。」（《論語·堯曰》）

(2) 故不積跬步，無以致千里；不積小流，無以成江海。（《荀子·勸學》）

(3) 目失鏡則無以正鬚眉，身失道則無以知迷惑。（《韓非子‧觀行》）

(4) 齊湣王是以知說士，而不知所謂士也。故尹文問其故，而王無以應。（《呂氏春秋‧先識覽‧正名》）

(5) 夫春生夏長，秋收冬藏，此天道之大經也，弗順則無以為天下綱紀，故曰「四時之大順，不可失也」。（《史記‧太史公自序》）

3. 連詞「以」：連接手段與目的。

(1) 當此時，諸郡縣苦秦吏者，皆刑其長吏，殺之以應陳涉。（《史記‧陳涉世家》）

(2) 今沛公先破秦入咸陽，豪毛不敢有所近，封閉宮室，還軍霸上，以待大王來。（《史記‧項羽本紀》）

(3) 上古之世，人民少而禽獸眾，人民不勝禽獸蟲蛇，有聖人作，構木為巢以避群害，而民悅之，使王天下，號曰有巢氏。（《韓非子‧五蠹》）

(4) 張廷尉論定律令，明法以繩天下，誅姦猾，絕并兼之徒，而強不凌弱，眾不暴寡。（《鹽鐵論‧輕重》）

(5) 昔莊王方弱，申公子儀父為師，王子燮為傅，使師崇、子孔帥師以伐舒。燮及儀父施二帥而分其室。（《國語‧楚語上》）

4. 所以／之所以＋A（者）－B（也）：A指結果，B指原因。

(1) 湯問伊尹曰：「古者所以立三公、九卿、大夫、列士者，何也？」（《說苑‧臣術》）

(2) 人之所乘船者，為其能浮而不能沈也；世之所以賢君子者，為其能行義而不能行邪辟也。（《呂氏春秋‧慎行論‧壹行》）

(3) 項伯見沛公。沛公與飲為壽，結賓婚。令項伯具言沛公不敢倍項羽，所以距關者，備他盜也。（《史記‧留侯世家》）

(4) 凡禹之所以為禹者，以其為仁義法正也。（《荀子‧性惡》）

(5) 民之急名也甚，其求利也如此，則士之飢餓乏絕者，焉得無巖居苦身以爭名於天下哉？故世之所以不治者，非下之罪，上失其道也。（《韓非子‧詭使》）

5. 連詞「然」：表示轉折，相當於「然而」。

(1)陳寅曰：「昔吾主范氏，今子主趙氏，又有納焉，以楊楯賈禍，弗可為也已。然子死晉國，子孫必得志於宋。」（《左傳・定公六年》）

(2)公曰：「吾不能早用子，今急而求子，是寡人之過也。然鄭亡，子亦有不利焉。」（《左傳・僖公三十年》）

(3)木之折也必通蠹，牆之壞也必通隙。然木雖蠹，無疾風不折；牆雖隙，無大雨不壞。（《韓非子・亡徵》）

(4)趙使還報王曰：「廉將軍雖老，尚善飯，然與臣坐，頃之三遺矢矣。」趙王以為老，遂不召。（《史記・廉頗藺相如列傳》）

(5)王子敬語王孝伯曰：「羊叔子自復佳耳，然亦何與人事？故不如銅雀臺上妓。」（《世說新語・言語》）

課後測驗

1. 請說明下列句子中「以」的功能。

(1)無以告我先王太王、王季、文王。

(2)武王蚤終，成王少，將以成周。

(3)起以待士，猶恐失天下之賢人。

(4)子之魯，慎無以國驕人。

2. 承上，請問下列選項中的「以」分別對應上面哪一種功能？

(1) 子曰：「生，事之以禮；死，葬之以禮，祭之以禮。」（《論語・為政》）

(2) 秋，伐厲，以救徐也。（《左傳・僖公十五年》）

(3) 何平叔美姿儀，面至白；魏明帝疑其傅粉。正夏月，與熱湯餅。既噉，大汗出，以朱衣自拭，色轉皎然。（《世說新語・容止》）

(4) 故為不善以得禍者，桀紂幽厲是也；愛人利人以得福者，禹湯文武是也。（《墨子・法儀》）

(5) 自黃帝至舜、禹，皆同姓而異其國號，以章明德。故黃帝為有熊，帝顓頊為高陽，帝嚳為高辛，帝堯為陶唐，帝舜為有虞。（《史記・五帝本紀》）

3. 下列哪些選項中的「所以」與本課「我所以為之若此」的「所以」相同？

(1) 魏王所以貴張子者，欲得韓地也。（《史記・張儀列傳》）

(2) 故天將降大任於是人也，必先苦其心志，勞其筋骨，餓其體膚，空乏其身，行拂亂其所為，所以動心忍性，曾益其所不能。（《孟子・告子下》）

(3) 故明君賢將，所以動而勝人，成功出於眾者，先知也。（《孫子兵法・用間》）

(4) 儒以文亂法，俠以武犯禁，而人主兼禮之，此所以亂也。（《韓非子・五蠹》）

(5) 國無禮則不正。禮之所以正國也，譬之：猶衡之於輕重也，猶繩墨之於曲直也，猶規矩之於方圓也，既錯之而人莫之能誣也。（《荀子・王霸》）

4. 當管叔放出周公將對周成王不利的流言時，周公怎麼為自己辯護？

5. 「武王既終，成王少，將以成周，我所以為之若此」中的「之」和「此」指的是什麼？

6. 周公為何「一沐三捉髮，一飯三吐哺」？

7. 請將下列課文中的句子翻譯成現代語體文。

(1)然我一沐三捉髮，一飯三吐哺，起以待士，猶恐失天下之賢人。

(2)武王蚤終，成王少，將以成周，我所以為之若此。

文化引導

中國歷史上有許多執政者求才心切，齊桓公與秦穆公是其中的兩位。

齊桓公執政時，知道衛國有個叫甯戚的人才，便想任用他管理國家。身邊的大臣知道後勸桓公先派人去觀察他，若他確實是個人才，再任用也不晚。以下文字記載桓公回覆大臣的話：

> 公曰：「不然，患其有小惡者。以人之小惡棄其大美，此世所以失天下之士也。」乃夜舉火而爵之，以為卿相。（《劉子‧妄瑕》）[2]

齊桓公認為，如果君王因為一個人有些缺點而忽略他的優點，那將失去天下的人才。於是在夜晚點起火把宴請甯戚，並邀請他擔任宰相。

秦穆公執政時，用了五張黑羊皮將百里奚從楚國人手上贖回秦國。下列文字說明穆公與百里奚的互動：

> 繆公釋其囚，與語國事。謝曰：「臣亡國之臣，何足問！」繆公曰：「虞君不用子，故亡，非子罪也。」固問，語三日，繆公大說，授之國政。（《史記‧秦本紀》）

秦穆公與百里奚談論國家大事時，百里奚說自己是亡國之臣，沒什麼好說的。穆公回答虞國之所以滅亡，罪不在他身上。後來秦穆公跟百里奚一連三天一起討論國政，最後任命百里奚做秦國大夫。

1. 齊桓公為何不採納大臣的意見，先觀察甯戚再任用他做官？
2. 秦穆公認為虞國的滅亡，罪在誰身上？
3. 周公、齊桓公與秦穆公展現了哪些君王需要具備的特質？
4. 承上題，你認為身為一個國家的君王，什麼特質最為重要？
5. 在你的文化中有與齊桓公、秦穆公相似的歷史人物嗎？

---

1 出處：西漢《史記‧魯周公世家》。
2 「以人之小惡棄其大美」依（梁）劉勰撰，林其錟、陳鳳金集校，《劉子集校》（上海：上海古籍出版社，1985年），頁158引宋本改。

第二十八課　曾子受杖

孔子曰：「汝不聞瞽叟有子名曰舜？舜之事父也，索而使之，未嘗不在側，求而殺之，未嘗可得，小箠則待，大杖則走，以逃暴怒也。今子委身以待暴怒，立體而不去，殺身以陷父不義，不孝孰是大乎？汝非天子之民邪？殺天子之民罪奚如？」以曾子之材，又居孔氏之門，有罪不自知，處義難乎！ [1]

前情提要

孔子的弟子曾子一次到瓜田裡鋤瓜時不小心鋤斷了瓜藤，其父曾皙大發脾氣，舉起大棍擊打他，曾子被打得昏倒在地。過了許久，曾子甦醒過來，很快地從地上爬起，走向曾皙說：「剛才我得罪了您，您為了教導我而用力地教訓我，身體是否安好？」而後退回房間邊彈琴邊唱歌，以此讓父親知道他身體無恙。孔子聽聞這個消息後，告訴門下弟子說：「若曾參來了，別讓他入內。」曾子認為自己沒有錯，便請人向孔子請教原因。

課前預習

1. 請標示出下列句子中的語法點。

   (1)小箠則待，大杖則走，以逃暴怒也。

   (2)今子委身以待暴怒，立體而不去，殺身以陷父不義，不孝孰是大乎？

2. 請指出下列句子中的題旨，如不在句內，請補上。

(1)小箠則待，大箠則走，以逃暴怒也。

(2)今子委身以待暴怒，立體而不去，殺身以陷父不義，不孝孰是大乎？

3. 舜的父親如何對待他？他如何回應？為何如此反應？

詞語表

文言詞	讀音	詞義解釋	現代關聯詞語
1. 汝	rǔ	你。	
2. 聞	wén	聽說、聽過。	聽聞、所見所聞
3. 瞽叟	gǔ sǒu	相傳為舜的父親，眼盲不能視物。	
4. 子₁	zǐ	兒子。	子女、子孫
5. 事	shì	侍奉。	服事
6. 索	suǒ	尋找。	搜索、摸索
7. 使	shǐ	命令、派遣。	使喚
8. 嘗	cháng	曾經。	未嘗
9. 側	cè	旁邊。	側面、旁敲側擊
10. 箠	chuí	鞭打。	
11. 待	dài	等待。	
12. 逃	táo	離開、跑走。	逃避
13. 暴	bào	急遽、猛烈。	暴飲暴食、暴風、暴雨
14. 怒	nù	氣憤、生氣。	憤怒
15. 子₂	zǐ	此處指曾子。	

文言詞	讀音	詞義解釋	現代關聯詞語
16. 委	wěi	託付。	
17. 立	lì	直身站立。	立正、頂天立地
18. 體	tǐ	身體。	身體、人體
19. 陷	xiàn	沒入、沉入。	陷落、陷阱
20. 孰	shú	什麼、誰、哪個。	孰能無過
21. 罪	zuì	過失。	犯罪、罪責
22. 奚如	xī rú	詢問情況。相當於「怎樣、怎麼樣」。	
23. 材	cái	資質、能力。	高材生、大材小用
24. 居	jū	處、位於。	居高臨下
25. 處	chǔ	存在、置身於、在。	設身處地

語法點

1. 結構助詞「之」：用於主語與謂語之間，取消句子的獨立性。

(1) 貢之不入，寡君之罪也。（《左傳·僖公四年》）

(2) 齊侯之出也，過譚，譚不禮焉。（《左傳·莊公十年》）

(3) 苟子之不欲，雖賞之不竊。（《論語·顏淵》）

(4) 予之不仁也！子生三年，然後免於父母之懷。（《論語·陽貨》）

(5) 道之將行也與？命也。道之將廢也與？命也。（《論語·憲問》）

2. 連詞「以」：

a. 連接方式與結果

(1) 回也聞一以知十，賜也聞一以知二。（《論語·公冶長》）

(2) 昔承桑氏之君，修德廢武，以滅其國。（《吳子·圖國》）

(3) 子曰：「志士仁人，無求生以害仁，有殺身以成仁。」（《論語·衛靈公》）

(4) 焉用亡鄭以倍鄰？（《左傳·僖公三十年》）

b. 相當於「而」

(1)褚師段逆之以受享，賦常棣之七章以卒。（《左傳·襄公二十年》）

(2)季康子問：「使民敬、忠以勸，如之何？」（《論語·為政》）

(3)瞻望弗及，佇立以泣。（《詩經·邶風·燕燕》）

(4)亡國之音哀以思，其民困。（《禮記·樂記》）

(5)夫夷以近，則遊者眾；險以遠，則至者少。（王安石〈遊褒禪山記〉）

3. **孰＋X＋乎：「孰」相當於「誰」、「哪個」、「什麼」。**

(1)子入大廟，每事問。或曰：「孰謂鄹人之子知禮乎？入大廟，每事問。」（《論語·八佾》）

(2)時世不同，譽何由生？不得為政，功安能成？志修德厚，孰謂不賢乎！（《荀子·堯問》）

(3)《詩》云：「愷悌君子，民之父母。」非至德，其孰能順民如此其大者乎！（《孝經·廣至德》）

(4)齊人弒其君，魯襄公援戈而起曰：「孰臣而敢殺其君乎？」（《說苑·君道》）

(5)孔子曰：「魯國以眾相陵，以兵相暴之日久矣，而有司不治，聘我者孰大乎？」（《說苑·政理》）

4. **非＋X＋邪：帶有探詢語氣的反問。**

(1)是以聖人後其身而身先；外其身而身存。非以其無私邪？故能成其私。（《老子·道經》）

(2)彼竊鉤者誅，竊國者為諸侯，諸侯之門而仁義存焉，則是非竊仁義聖知邪？（《莊子·胠篋》）

(3)晉平公問於祁黃羊曰：「南陽無令，其誰可而為之？」祁黃羊對曰：「解狐可。」平公曰：「解狐非子之讎邪？」（《呂氏春秋·孟春紀·去私》）

(4)成驩謂齊王曰：「王太仁，太不忍人。」王曰：「太仁、太不忍人，非善名邪？」（《韓非子·內儲說上》）

(5)弟子曰：「非夫子之友邪？」曰：「然。」（《莊子·養生主》）

課後測驗

1. 下列哪些選項中的「嘗」與本課「未嘗不在側」的「嘗」意思相同？

    (1)康子饋藥，拜而受之。曰：「丘未達，不敢嘗。」（《論語・鄉黨》）

    (2)嘗一臠肉，知一鑊之味；懸羽與炭，而知燥溼之氣；以小明大。（《淮南子・說山訓》）

    (3)吾嘗終日而思矣，不如須臾之所學也。（《荀子・勸學》）

2. 下列哪些選項中的「之」和本課的語法點相同？

    (1)公曰：「多行不義，必自斃，子姑待之。」（《左傳・隱公元年》）

    (2)君子務本，本立而道生。孝弟也者，其為仁之本與？（《論語・學而》）

    (3)夫子之求之也，其諸異乎人之求之與？（《論語・學而》）

    (4)五畝之宅，樹之以桑，五十者可以衣帛矣。（《孟子・梁惠王上》）

    (5)儀封人請見。曰：「君子之至於斯也，吾未嘗不得見也。」（《論語・八佾》）

3. 孔子聽聞曾子受杖之事後有何反應？為何？

4. 請將下列句子翻譯成現代語體文。

    (1)汝不聞瞽叟有子名曰舜？舜之事父也，索而使之，未嘗不在側，求而殺之，未嘗可得。

    (2)今子委身以待暴怒，立體而不去，殺身以陷父不義，不孝孰是大乎？

(3)汝非天子之民邪？殺天子之民罪奚如？

5. 請嘗試將下列句子翻譯成現代語體文。

(1)子曰：「學而不思則罔，思而不學則殆。」（《論語・為政》）（罔：困惑；
殆：危險）

(2)子曰：「……今爾衣服既盛，顏色充盈，天下且孰肯以非告汝乎？」（《孔
子家語・三恕》）（爾：你；盛：華麗；顏：臉；充盈：充足滿溢；非：過失）

文化引導

你心中的「孝」應該是怎麼樣的？本課與〈孟懿子問孝〉展示了「孝」的不同面向。在本課及古代許多記載如《孟子》、《史記》中，舜都是一位賢明的君王，也是孝子的代表人物。然而，也有其他記載對舜有不同的看法，如《莊子・盜跖》中：

> 堯不慈，舜不孝，禹偏枯，湯放其主，武王伐紂，文王拘羑里。

堯不慈愛，舜不孝，禹半身不遂，湯放逐了他的君主，武王討伐紂，文王遭紂囚禁於羑里。

又，《淮南子》的〈氾論訓〉和〈泰族訓〉中提到：

> 然堯有不慈之名，舜有卑父之謗，湯、武有放弒之事，五伯有暴亂之謀。

然而堯有不慈愛的聲名，舜有貶低父親的誹議，湯、武有放逐、弒君等行為，春秋五霸也有暴亂等謀劃。

> 夫觀逐者於其反也，而觀行者於其終也。故舜放弟，周公殺兄，猶之為仁也；文公樹米，曾子架羊，猶之為知也。

看人追逐某個目標物要看他回來時的結果，而觀察人的行為要看他最終的作為。因此即使舜放逐弟弟，周公殺死哥哥，他們仍是仁者；即使晉文公曾經以為種米能長出莊稼，曾子曾經想讓羊拉車，他們也仍是智者。

1. 請說明舜在本課中的形象。
2. 請說明舜在《淮南子》中的形象。
3. 舜在各記載中形象不一，但後世大多仍將舜視為賢君、孝子。你認為這是為什麼？
4. 你認為「孝」是什麼？讀完〈孟懿子問孝〉和〈曾子受杖〉後，你對「孝」的想像是否有所改變？請試說明有何差異。
5. 在你的文化中，有什麼詞語與「孝」相似？

1　出處：西漢《說苑・建本》。文字及標點依（漢）劉向撰，向宗魯校證，《說苑校證》（北京：中華書局，1987 年），頁 61。

第二十九課　漁父

屈原既放，遊於江潭，行吟澤畔，顏色憔悴，形容枯槁。漁父見而問之曰：「子非三閭大夫與？何故至於斯！」屈原曰：「舉世皆濁我獨清，眾人皆醉我獨醒，是以見放！」漁父曰：「聖人不凝滯於物，而能與世推移。世人皆濁，何不淈其泥而揚其波？眾人皆醉，何不餔其糟而歠其醨？何故深思高舉，自令放為？」屈原曰：「吾聞之，新沐者必彈冠，新浴者必振衣；安能以身之察察，受物之汶汶者乎！寧赴湘流，葬於江魚之腹中。安能以皓皓之白，而蒙世俗之塵埃乎！」漁父莞爾而笑，鼓枻而去，乃歌曰：「滄浪之水清兮，可以濯吾纓。滄浪之水濁兮，可以濯吾足。」遂去不復與言。[1]

前情提要

〈漁父〉為戰國時代楚國屈原之作。屈原曾任三閭大夫，其職主在管理楚國公族昭氏、屈氏、景氏之族譜。此外，屈原也與楚懷王共議政事、協助國君接待諸侯。

課前預習

參考資料

1. 請根據本課參考資料說明《楚辭》與屈原的關聯。

2. 請標示出下列句子的語法點。

   (1)屈原既放，遊於江潭。

   (2)安能以身之察察，受物之汶汶者乎！

3. 請指出下列句子中的題旨，如不在句內，請補上。

   (1)舉世皆濁我獨清，眾人皆醉我獨醒，是以見放！

   (2)遂去不復與言。

4. 為什麼漁父最後不直接回應屈原，而是選擇笑著唱歌離去？

詞語表

文言詞	讀音	詞義解釋	現代關聯詞語
1. 放	fàng	驅逐、流放。	放逐
2. 吟	yín	因痛苦而發出哼聲。	呻吟
3. 槁	gǎo	乾瘠、枯瘦。	槁木死灰
4. 斯	sī	指人或處所。此指江畔。	
5. 舉世	jǔ shì	全世界。	

文言詞	讀音	詞義解釋	現代關聯詞語
6. 滯	zhì	停止、不流動。	呆滯
7. 汩	gǔ	攪亂而使水混濁。	
8. 餔	bū	吃。	
9. 糟	zāo	釀酒留下的殘渣。	酒糟
10. 歠	chuò	喝。	
11. 釃	lí	薄酒。	
12. 安能	ān néng	哪裡能、豈能。	
13. 察察	chá chá	清潔的樣子。	
14. 汶汶	wèn wèn	污濁的樣子。	
15. 寧	níng	寧可、寧願。	寧願
16. 皓	hào	潔白的樣子。	明眸皓齒
17. 莞爾	wǎn ěr	微笑的樣子。	莞爾一笑
18. 鼓	gǔ	敲擊、拍打。	
19. 枻	yì	船槳。	
20. 兮	xī	語氣詞，具感嘆意。	
21. 濯	zhuó	洗淨。	
22. 纓	yīng	繫帽的帶子。	

語法點

1. 副詞「既」：已經。

(1)舊穀既沒，新穀既升，鑽燧改火，期可已矣。（《論語・陽貨》）

(2)填然鼓之，兵刃既接，棄甲曳兵而走。（《孟子・梁惠王上》）

(3)地之深，下毋及泉，上毋通臭。既葬，收餘壤其上。（《墨子・節葬下》）

(4)辭不獲命，既已告矣，未知中否，請嘗薦之。（《莊子・天地》）

(5)三軍既成陳，使士視死如歸，臣不如公子成父。（《韓非子・外儲說左下》）

2. 句末「與」：表示探詢受話者是否同意。

(1)君子務本，本立而道生。孝弟也者，其為仁之本與？（《論語・學而》）

(2) 對曰：「然則廢釁鐘與？」（《孟子·梁惠王上》）

(3) 淳于髡曰：「男女授受不親，禮與？」孟子曰：「禮也。」（《孟子·離婁上》）

(4) 一朝之忿，忘其身，以及其親，非惑與？（《論語·顏淵》）

(5) 耳目聰明聖知，豈非士之所願與？（《戰國策·秦策》）

3. 見：表示被動。

(1) 隨之見伐，不量力也。（《左傳·僖公二十年》）

(2) 樂羊以有功見疑，秦西巴以有罪益信。（《韓非子·說林上》）

(3) 臣事夫子三年，無得，而卒見逐，其說何也？（《晏子春秋·內篇·雜上》）

(4) 嬰聞之，有幸見愛，無幸見惡，誹謗為類。（《晏子春秋·外篇·不合經術者》）

(5) 魏王之懼也見亡，翟強欲合齊、秦外楚。（《戰國策·魏策》）

4. 介詞「於」：「於」引介施事或原因，隱含被動義。

(1) 禦人以口給，屢憎於人。（《論語·公冶長》）

(2) 勞心者治人，勞力者治於人；治於人者食人，治人者食於人；天下之通義也。（《孟子·滕文公上》）

(3) 通者常制人，窮者常制於人：是榮辱之大分也。（《荀子·榮辱》）

(4) 由此觀之，君不行仁政而富之，皆棄於孔子者也。（《孟子·離婁上》）

(5) 郤克傷於矢，流血及屨，未絕鼓音。（《左傳·成公二年》）

5. 連詞「而」：連接表述成分。

a. 時間

公入而賦：「大隧之中，其樂也融融。」（《左傳·隱公元年》）

b. 因果

王曰「何以利吾國」？大夫曰「何以利吾家」？士庶人曰「何以利吾身」？上下交征利而國危矣。（《孟子·梁惠王上》）

c. 平行

昔者，聖王之治天下也……，定民之居，成民之事，陵為之終，而慎用其六柄焉。（《國語・齊語》）

d. 對照

昔者，聖王之治天下也，參其國而伍其鄙，定民之居，成民之事，陵為之終……。（《國語・齊語》）

e. 限定

明恕而行，要之以禮，雖無有質，誰能間之？（《左傳・隱公三年》）

f. 轉折

由此觀之，君不行仁政而富之，皆棄於孔子者也。（《孟子・離婁上》）

6. 句末「乎」：表示詢問。

(1)有所不安乎？如是，何不相告也？（《戰國策・魏策》）

(2)當是時也，禹八年於外，三過其門而不入，雖欲耕，得乎？（《孟子・滕文公上》）

(3)為政不因先王之道，可謂智乎？（《孟子・離婁上》）

(4)然則子何為使乎？（《晏子春秋・內篇・雜下》）

(5)吾誰欺？欺天乎？（《論語・子罕》）

課後測驗

1. 下列哪些選項中的「鼓」與本課「鼓枻而去」的「鼓」意思不同？

(1)昔者舜鼓五絃之琴，歌南風之詩而天下治。（《韓非子・外儲說左上》）

(2)不勝，則我引兵鼓行而西。（《史記・項羽本紀》）

(3)建翠華之旗，樹靈鼉之鼓。（《史記・司馬相如列傳》）

(4)伯牙鼓琴，而六馬仰秣。（《荀子・勸學》）

(5)一鼓，民被甲括矢，操兵弩而出。再鼓，負輦粟而至。（《淮南子・人間訓》）

2. 下列哪些選項中的「於」與本課的語法點不同？

　　(1)邯鄲之難，趙求救於齊。（《戰國策‧齊策》）

　　(2)孔文子之將攻大叔也，訪於仲尼。（《左傳‧哀公十一年》）

　　(3)不介馬而馳之。卻克傷於矢，流血及屨，未絕鼓音。（《左傳‧成公二年》）

　　(4)戰勝攻取，則利歸於陶；國弊，御於諸侯。（《戰國策‧秦策》）

　　(5)初，甘昭公有寵於惠后，惠后將立之，未及而卒。（《左傳‧僖公二十四年》）

3. 屈原和漁父的立場是否相同？請舉出原文中的證據。

4. 根據原文，說明屈原為何會被放逐。

5. 請將下列句子翻譯成現代語體文。

　　(1) 安能以身之察察，受物之汶汶者乎！

　　(2) 眾人皆醉，何不餔其糟而歠其醨？

　　(3) 聖人不凝滯於物，而能與世推移。

(4)漁父莞爾而笑，鼓枻而去。

(5)何故深思高舉，自令放為？

文化引導

在動盪不安、戰爭頻仍的時代，有才之人或以入朝做官、改變時局為終身志願，或選擇隱居山林、不問世事。為何產生了兩方截然不同的立場？自以下記載中，可見雙方觀點：

> 長沮、桀溺耦而耕，孔子過之，使子路問津焉。……曰：「滔滔者天下皆是也，而誰以易之？且而與其從辟人之士也，豈若從辟世之士哉？」耰而不輟。子路行以告。夫子憮然曰：「鳥獸不可與同羣，吾非斯人之徒與而誰與？天下有道，丘不與易也。」（《論語·微子》）

長沮、桀溺在田間耕作，孔子路過，讓弟子子路詢問二人渡口的位置。……桀溺說：「如今天下有許多惡人，世態險惡，誰能改變這情況？與其跟隨遠離壞人的人，不如跟從遠離世俗的人。」他一邊翻土，一邊說著。子路回去告訴孔子所聽到的話。孔子悵然地說：「人不可與鳥獸同處，若不跟人相處，要跟誰相處？天下如果已經太平，我（孔丘）就不需改革這世界了。」

1. 長沮、桀溺為何不認同孔子的作為？
2. 孔子如何回應長沮、桀溺的說法？
3. 你比較認同哪一方的立場？請說明原因。
4. 同樣處於亂世，長沮、桀溺和屈原的表現有何不同？
5. 你是否認同屈原的人生觀？

---

1 出處：戰國《楚辭》。

第三十課　智

（一）

子曰：「知者樂水，仁者樂山；知者動，仁者靜；知者樂，仁者壽。」[1]

（二）

子曰：「由！誨女知之乎？知之為知之，不知為不知，是知也。」[2]

（三）

所以謂人皆有不忍人之心者，今人乍見孺子將入於井，皆有怵惕惻隱之心。非所以內交於孺子之父母也，非所以要譽於鄉黨朋友也，非惡其聲而然也。由是觀之，無惻隱之心，非人也；無羞惡之心，非人也；無辭讓之心，非人也；無是非之心，非人也。惻隱之心，仁之端也；羞惡之心，義之端也；辭讓之心，禮之端也；是非之心，智之端也。人之有是四端也，猶其有四體也。[3]

前情提要

子路，名由。孔門十哲之一。

課前預習

1. 請標示出下列句子的語法點。

   (1)所以謂人皆有不忍人之心者，今人乍見孺子將入於井，皆有怵惕惻隱之心。

   (2)人之有是四端也，猶其有四體也。

2. 請指出下列句子中的題旨，如不在句內，請補上。

   (1)知之為知之，不知為不知，是知也。

   (2)惻隱之心，仁之端也；羞惡之心，義之端也；辭讓之心，禮之端也；是非之心，智之端也。人之有是四端也，猶其有四體也。

3. 何謂四端？

詞語表

文言詞	讀音	詞義解釋	現代關聯詞語
1. 知₁	zhì	相當於「智」。	
2. 樂₁	yào	喜好、欣賞。	
3. 樂₂	lè	快樂。	快樂、樂不思蜀
4. 壽	shòu	長命。	長壽、福壽雙全
5. 誨	huì	教導。	教誨、誨人不倦
6. 女	rǔ	同「汝」。你。	
7. 知₂	zhī	知道。	知道、知識
8. 知₃	zhī/zhì	知道。或作「智」。	
9. 謂	wèi	說。	
10. 皆	jiē	都。	
11. 乍	zhà	突然。	
12. 孺子	rú zǐ	小孩。	孺子可教
13. 將	jiāng	快要。	即將
14. 怵惕	chù tì	驚恐。	
15. 惻隱	cè yǐn	看見人遭遇不幸時產生不忍、同情之感。	惻隱之心
16. 非	fēi	不是。	非凡
17. 內交	nà jiāo	內：通「納」。結交。	
18. 要	yāo	求取。	要求
19. 譽	yù	名聲。	名譽、聲譽
20. 鄉黨	xiāng dǎng	地方行政區域的名稱，五百家為一黨，一萬二千五百家為一鄉。 此引申為當地人。	
21. 惡	wù	討厭。	厭惡
22. 聲	shēng	聲音。此指孩子的哭聲。	聲音
23. 然	rán	這樣、如此。	
24. 由	yóu	從。	由此可知
25. 是	shì	這。	是日
26. 觀	guān	察看、審視。	觀察
27. 羞惡	xiū wù	羞恥、憎惡。	
28. 是非	shì fēi	事理的對、錯。	
29. 端	duān	事物的起始。	

文言詞	讀音	詞義解釋	現代關聯詞語
30. 猶	yóu	如同。	過猶不及、雖死猶生
31. 體	tǐ	身體的各個部分。	具體而微

語法點

1. 並列關係：把性質或語義分量相當的成分平行鋪排，形成比較或對照。

(1) 有語我以忠臣者，令之俯則俯，令之仰則仰，處則靜，呼則應，可謂忠臣乎？（《墨子・魯問》）

(2) 學而時習之，不亦說乎？有朋自遠方來，不亦樂乎？人不知而不慍，不亦君子乎？（《論語・學而》）

(3) 子曰：「君子食無求飽，居無求安，敏於事而慎於言，就有道而正焉，可謂好學也已。」（《論語・學而》）

(4) 父母俱存，兄弟無故，一樂也。仰不愧於天，俯不怍於人，二樂也。（《孟子・盡心上》）

(5) 禮有三本：天地者，生之本也；先祖者，類之本也；君師者，治之本也。無天地，惡生？無先祖，惡出？無君師，惡治？（《荀子・禮論》）

2. 所以＋A（者）－B（也）：A指結果，B指原因。

(1) 古之人所以大過人者無他焉，善推其所為而已矣。（《孟子・梁惠王上》）

(2) 君子所以異於人者，以其存心也。（《孟子・離婁下》）

(3) 魏王所以貴張子者，欲得韓地也。（《史記・張儀列傳》）

(4) 凡吾所以來，為父老除害，非有所侵暴，無恐！（《史記・高祖本紀》）

(5) 所以遣將守關者，備他盜之出入與非常也。（《史記・項羽本紀》）

3. 結構助詞「之」：用於主語與謂語之間，取消句子的獨立性。

(1) 貢之不入，寡君之罪也，敢不共給？昭王之不復，君其問諸水濱！（《左傳・僖公四年》）

(2) 齊侯之出也，過譚，譚不禮焉。（《左傳・莊公十年》）

(3) 湯之問棘也是已。（《莊子・逍遙遊》）

(4) 且夫水之積也不厚，則其負大舟也無力。（《莊子・逍遙遊》）

(5) 誠如是也，民歸之，由水之就下，沛然誰能禦之？（《孟子・梁惠王上》）

4. 非 B ＋也：「也」指認「非 B」為真。

(1) 今京不度，非制也，君將不堪。（《左傳・隱公元年》）

(2) 以豹所聞，此之謂世祿，非不朽也。（《左傳・襄公二十四年》）

(3) 市，朝則滿，夕則虛，非朝愛市而夕憎之也。（《戰國策・齊策》）

(4) 以力服人者，非心服也，力不贍也。（《孟子・公孫丑下》）

(5) 不勝其爵而處其祿，非此祿之主也。（《墨子・親士》）

課後測驗

1. 下列哪些選項中的「女」和本課「誨女知之乎」的「女」發音不同？
   (1) 王使周公召鄭伯，曰：「吾撫女以從楚，輔之以晉，可以少安。」（《左傳・僖公五年》）
   (2) 夏，狄伐鄭，取櫟。王德狄人，將以其女為后。（《左傳・僖公二十四年》）
   (3) 好色，人之所欲，妻帝之二女，而不足以解憂。（《孟子・萬章上》）
   (4) 子曰：「食夫稻，衣夫錦，於女安乎？」（《論語・陽貨》）
   (5) 今楚來討曰：「女何故稱兵于蔡？」焚我郊保，馮陵我城郭。（《左傳・襄公八年》）

2. 下列哪些選項中的「之」和本課的語法點相同？
   (1) 公曰：「多行不義，必自斃，子姑待之。」（《左傳・隱公元年》）
   (2) 君子務本，本立而道生。孝弟也者，其為仁之本與？（《論語・學而》）
   (3) 夫子之求之也，其諸異乎人之求之與？（《論語・學而》）
   (4) 五畝之宅，樹之以桑，五十者可以衣帛矣。（《孟子・梁惠王上》）
   (5) 是故江河之水，非一源之水也；千鎰之裘，非一狐之白也。（《墨子・親

士》）

3. 下列哪些選項中的「所以」與本課語法點相同？

(1)曹劌諫曰：「不可。夫禮，所以整民也。故會以訓上下之則，制財用之節；朝以正班爵之義，帥長幼之序；征伐以討其不然。」（《左傳·莊公二十三年》）

(2)衰曰：「君稱所以佐天子者命重耳，重耳敢不拜？」（《左傳·僖公二十三年》）

(3)三夏，天子所以享元侯也，使臣弗敢與聞。（《左傳·襄公四年》）

(4)古之人所以大過人者無他焉，善推其所為而已矣。（《孟子·梁惠王上》）

(5)斯民也，三代之所以直道而行也。（《論語·衛靈公》）

4. 請將下列句子翻譯成現代語體文。

(1)子曰：「知者樂水，仁者樂山；知者動，仁者靜；知者樂，仁者壽。」

(2)子曰：「由！誨女知之乎？知之為知之，不知為不知，是知也。」

(3)所以謂人皆有不忍人之心者，今人乍見孺子將入於井，皆有怵惕惻隱之心。非所以內交於孺子之父母也，非所以要譽於鄉黨朋友也，非惡其聲而然也。

(4)由是觀之，無惻隱之心，非人也；無羞惡之心，非人也；無辭讓之心，非人也；無是非之心，非人也。惻隱之心，仁之端也；羞惡之心，義之端也；

辭讓之心，禮之端也；是非之心，智之端也。人之有是四端也，猶其有四體也。

5. 請將下列句子翻譯成現代語體文。

(1)君義，臣行，父慈，子孝，兄愛，弟敬，所謂六順也。去順效逆，所以速禍也。（《左傳·隱公三年》）

(2)騏驥一躍，不能十步；駑馬十駕，功在不舍。鍥而舍之，朽木不折；鍥而不舍，金石可鏤。（《荀子·勸學》）

文化引導

本教材在先前的〈孟懿子問孝〉、〈克己復禮〉、〈推己及人〉……等篇目中已展示了仁、義、禮在中國傳統中的不同樣貌。本課將範圍擴展至「智」，以下節選自《荀子‧子道》，記載了孔子與其弟子的對話，呈現仁者和智者在各弟子心中的樣子：

> 子路入，子曰：「由！知者若何？仁者若何？」子路對曰：「知者使人知己，仁者使人愛己。」子曰：「可謂士矣。」子貢入，子曰：「賜！知者若何？仁者若何？」子貢對曰：「知者知人，仁者愛人。」子曰：「可謂士君子矣。」顏淵入，子曰：「回！知者若何？仁者若何？」顏淵對曰：「知者自知，仁者自愛。」子曰：「可謂明君子矣。」

子路進見，孔子問：「由啊！智者是怎麼樣的？仁者又是怎麼樣的？」子路回答：「智者能使人理解自己，仁者則能使人愛自己。」孔子說：「你稱得上士了。」子貢進去，孔子問：「賜啊！智者是怎麼樣的？仁者又是怎麼樣的？」子貢回答：「智者懂得理解別人，仁者則懂得愛別人。」孔子說：「你稱得上士君子了。」顏淵進去，孔子問：「回啊！智者是怎麼樣的？仁者又是怎麼樣的？」顏淵答道：「智者應該了解自己，仁者應該愛自己。」孔子說：「你稱得上是明君子了！」

1. 子路認為智者能「使人理解自己」，子貢認為智者應該「懂得理解別人」，顏回則認為智者應該「了解自己」，你認為這三者的差異為何？

2. 請就孔子各弟子對於「智」的解讀，說明孔子為何分別給予「可謂士矣」、「可謂士君子矣」、「可謂明君子矣」的評價。

3. 孟子認為能夠分辨是非是「智」的標準，與《荀子‧子道》中提到智者應具備的能力有何關聯？

4. 請試著說明，你認為怎樣的條件滿足「知者自知」這一句話的意義？

5. 綜合本課所學，請試著舉例說明何謂「智者」。

---

1 出處：春秋《論語‧雍也》。
2 出處：春秋《論語‧為政》。
3 出處：戰國《孟子‧公孫丑上》。

第三十一課　禮論

（一）

禮起於何也？曰：人生而有欲，欲而不得，則不能無求；求而無度量分界，則不能不爭；爭則亂，亂則窮。先王惡其亂也，故制禮義以分之，以養人之欲，給人之求，使欲必不窮乎物，物必不屈於欲，兩者相持而長，是禮之所起也。[1]

（二）

君子既得其養，又好其別。曷謂別？曰：貴賤有等，長幼有差，貧富輕重皆有稱者也。[2]

（三）

禮者，謹於治生死者也。生，人之始也；死，人之終也：終始俱善，人道畢矣。故君子敬始而慎終。終始如一，是君子之道，禮義之文也。[3]

課前預習

1. 請標示出下列句子的語法點。

   (1)人生而有欲，欲而不得，則不能無求；求而無度量分界，則不能不爭；爭則亂，亂則窮。

(2)君子既得其養，又好其別。

2. 請指出下列句子中的題旨，如不在句內，請補上。

　(1) 兩者相持而長，是禮之所起也。

　(2)使欲必不窮乎物，物必不屈於欲。

3. 荀子認為禮的起源為何？其作用又為何？

詞語表

文言詞	讀音	詞義解釋	現代關聯詞語
1. 欲	yù	慾望。	欲望
2. 度量	dù liàng	限度。	度量
3. 界	jiè	劃分、區隔。	界線
4. 爭	zhēng	較量、競爭。	競爭、爭奪
5. 亂	luàn	不安定、動盪。	紛亂、亂世
6. 窮 ₁	qióng	貧困、貧乏。	窮困、窮苦
7. 惡	wù	憎恨、討厭。	厭惡、深惡痛絕
8. 其	qí	那、那些。	
9. 故	gù	因此、所以。	
10. 制	zhì	制定。	制定
11. 養	yǎng	供養。	供養

文言詞	讀音	詞義解釋	現代關聯詞語
12. 給	jǐ	供應。	給予、供給
13. 求	qiú	需求。	需求、索求
14. 必	bì	必定。	必須、必要
15. 窮₂	qióng	竭盡。	窮盡
16. 屈	qū	竭盡。	
17. 持	chí	扶持。《史記・禮書》作「待」；相待，相互依憑。	
18. 長	zhǎng	增加、增進。	增長
19. 好	hào	喜愛。	喜好、好惡
20. 別	bié	差異。	差別、區別、分別
21. 曷謂	hé wèi	通「何謂」。	
22. 貴	guì	地位崇高。	尊貴
23. 賤	jiàn	地位低下。	低賤
24. 等	děng	品級、次第。	等第、等級
25. 貧	pín	生活窮困的。	貧困、貧窮
26. 皆	jiē	都。	人盡皆知、皆大歡喜
27. 稱	chèng	相當、相配。	稱職、稱心如意
28. 謹	jǐn	小心、仔細。	謹慎
29. 治	zhì	辦理。	治理
30. 俱	jù	皆、都、全。	面面俱到
31. 善	shàn	良好。	善終、善良
32. 人道	rén dào	社會上的倫理關係。	
33. 畢	bì	窮盡。	原形畢露
34. 敬	jìng	慎重、恭敬。	尊敬、敬重
35. 慎	shèn	小心、仔細。	謹慎、戒慎恐懼
36. 道	dào	方法。	謀生之道
37. 文	wén	儀文，禮儀形式。人基於人性而做出的具體禮儀活動。	

語法點

1. 連鎖因果：把前一個條件推論中的推論，當作後一個條件推論中的條件，形成連續的因果推論，用「則」註記。

(1) 名不正，則言不順；言不順，則事不成；事不成，則禮樂不興；禮樂不興，則刑罰不中；刑罰不中，則民無所措手足。（《論語‧子路》）

(2) 行義脩則見信，見信則受事。（《韓非子‧五蠹》）

(3) 梏之反覆，則其夜氣不足以存；夜氣不足以存，則其違禽獸不遠矣。（《孟子‧告子上》）

(4) 父子之間不責善。責善則離，離則不祥莫大焉。（《孟子‧離婁上》）

(5) 樂之實，樂斯二者，樂則生矣；生則惡可已也，惡可已，則不知足之蹈之手之舞之。（《孟子‧離婁上》）[4]

2. 介詞「於」：

a. 「於」引介施事或原因，隱含被動義

(1) 禦人以口給，屢憎於人。（《論語‧公冶長》）

(2) 勞心者治人，勞力者治於人；治於人者食人，治人者食於人；天下之通義也。（《孟子‧滕文公上》）

(3) 通者常制人，窮者常制於人：是榮辱之大分也。（《荀子‧榮辱》）

b. 表示範圍

(1) 秦之攻燕也，戰於千里之外；趙之攻燕也，戰於百里之內。（《戰國策‧燕策》）

(2) 故明主之吏，宰相必起於州部，猛將必發於卒伍。（《韓非子‧顯學》）

3. 既＋Ｘ＋又＋Ｙ：表示「已經……，又更……」的遞進關係。

(1) 既破我斧，又缺我斨。周公東征，四國是皇。（《詩經‧豳風‧破斧》）

(2) 子適衛，冉有僕。子曰：「庶矣哉！」冉有曰：「既庶矣。又何加焉？」曰：「富之。」曰：「既富矣，又何加焉？」曰：「教之。」（《論語‧子路》）

(3) 既曰「志至焉，氣次焉」，又曰「持其志無暴其氣」者，何也？（《孟子‧公孫丑上》）

(4) 政以治民，刑以正邪。既無德政，又無威刑，是以及邪。（《左傳‧隱公十一年》）

(5) 既東封鄭，又欲肆其西封。不闕秦，將焉取之？（《左傳‧僖公三十年》）

4. 連詞「以」：連接手段與目的。

(1) 晉侯復假道於虞以伐虢。（《左傳‧僖公五年》）

(2) 命子封帥車二百乘以伐京。（《左傳‧隱公元年》）

(3) 使師崇、子孔帥師以伐舒。（《國語‧楚語上》）

(4) 邢侯與雍子爭田，雍子納其女於叔魚以求直。（《國語‧晉語九》）

(5) 脩己以安百姓，堯舜其猶病諸！（《論語‧憲問》）

課後測驗

1. 下列哪些選項中的「惡」和本課「先王惡其亂也」的「惡」發音相同？
   (1) 唯仁者能好人，能惡人。（《論語‧里仁》）
   (2) 無羞惡之心，非人也。（《孟子‧公孫丑上》）
   (3) 惡！是何言也？（《孟子‧公孫丑上》）
   (4) 形相雖善而心術惡，無害為小人也。（《荀子‧非相》）
   (5) 使人不衣不食而不飢不寒，又不惡死，則無事上之意。（《韓非子‧八說》）

2. 下列哪些選項中的「好」與本課「君子既得其養，又好其別」的「好」意思相同？
   (1) 其為人也孝弟，而好犯上者，鮮矣。（《論語‧學而》）
   (2) 子曰：「唯仁者能好人，能惡人。」（《論語‧里仁》）
   (3) 譬之宮牆，賜之牆也及肩，窺見室家之好。（《論語‧子張》）

(4) 其詩曰：「畜君何尤？」畜君者，好君也。（《孟子‧梁惠王下》）

(5) 予豈好辯哉？予不得已也。天下之生久矣，一治一亂。（《孟子‧滕文公下》）

3. 請辨別下列句子中「於」的功能。

(1) 王子狐為質於鄭，鄭公子忽為質於周。（《左傳‧隱公三年》）

(2) 故春蒐，夏苗，秋獮，冬狩，皆於農隙以講事也。（《左傳‧隱公五年》）

(3) 公曰：「叔父有憾於寡人，寡人弗敢忘。」（《左傳‧隱公五年》）

(4) 子禽問於子貢曰：「夫子至於是邦也，必聞其政，求之與？抑與之與？」（《論語‧學而》）

(5) 子曰：「君子食無求飽，居無求安，敏於事而慎於言，就有道而正焉，可謂好學也已。」（《論語‧學而》）

4. 荀子在第一則提到先王因「惡其亂」而「制禮義以分之，以養人之欲，給人之求」；第二則提到君子「好其別」，並說明「曷謂別」。請問「別」與「禮」的關係是什麼？

5. 請將下列句子翻譯成現代語體文。

(1) 人生而有欲，欲而不得，則不能無求；求而無度量分界，則不能不爭；爭則亂，亂則窮。

(2) 先王惡其亂也，故制禮義以分之，以養人之欲，給人之求，使欲必不窮乎物，物必不屈於欲，兩者相持而長，是禮之所起也。

(3)君子既得其養，又好其別。曷謂別？曰：貴賤有等，長幼有差，貧富輕重皆有稱者也。

(4)禮者，謹於治生死者也。生，人之始也；死，人之終也：終始俱善，人道畢矣。故君子敬始而慎終。終始如一，是君子之道，禮義之文也。

文化引導

在〈禮論〉中，荀子不僅討論了禮的起源、目的，還討論了禮的具體內容，如祭禮、喪禮等。以下為〈禮論〉講述喪禮的其中一個段落：

> 喪禮之凡，變而飾，動而遠，久而平。故死之為道也，不飾則惡，惡則不哀；介則翫，翫則厭，厭則忘，忘則不敬。一朝而喪其嚴親，而所以送葬之者，不哀不敬，則嫌於禽獸矣，君子恥之。故變而飾，所以滅惡也；動而遠，所以遂敬也；久而平，所以優生也。

喪禮的常道是這樣的，遭逢生死之變時要對死者加以修飾，隨著喪禮各儀式的進行，將死者挪動至離生者較遠之處，生者的心情隨著喪禮的緩慢推進而逐漸恢復。對待死者，如果不加以修飾，死者的身體就會變得醜惡，如此生者就不會感到哀戚；如果死者與生者的距離太近，生者就會漫不經心，更會因此產生厭棄之心，厭棄了就會怠慢，怠慢了就會不恭敬。因失去至親而送葬的人，若既不哀痛也不恭敬，那就近似於禽獸了，君子是以此為恥的。因此，人過世以後之所以要加以修飾，是為了避免生者因死者的樣貌而心生厭惡；將死者挪動至離生者較遠的地方，是為了保持尊敬之心；喪禮時間長，讓哀痛的心情逐漸平復，是為了使生者能夠調養自己。

1. 荀子心中的喪禮包括哪些要素？
2. 承上題，為何喪禮需要這些要素？
3. 請說明喪禮的目的與本篇節選的第一個段落有何關聯。
4. 你所知的喪禮過程與荀子所述有何異同？
5. 閱讀後，你對於喪禮的理解與以往有何異同？

1　出處：戰國《荀子》。文字及標點依（清）王先謙撰，沈嘯寰、王星賢點校，《荀子集解》（北京：中華書局，1988 年），卷 13，頁 346。
2　出處：同上，頁 347。
3　出處：同上，頁 358-359。
4　文字及標點依（戰國）孟子著，楊伯峻譯注，《孟子譯注》（北京：中華書局，2010 年第 3 版），頁 167。

第三十二課　孔門弟子言志

子路、曾皙、冉有、公西華侍坐。子曰：「以吾一日長乎爾，
毋吾以也。居則曰：『不吾知也！』如或知爾，則何以哉？」
子路率爾而對曰：「千乘之國，攝乎大國之間，加之以師旅，
因之以饑饉，由也為之，比及三年，可使有勇，且知方也。」
夫子哂之。「求！爾何如？」對曰：「方六七十，如五六十，
求也為之，比及三年，可使足民。如其禮樂，以俟君子。」
「赤！爾何如？」對曰：「非曰能之，願學焉。宗廟之事，如
會同，端章甫，願為小相焉。」「點！爾何如？」鼓瑟希，鏗
爾，舍瑟而作。對曰：「異乎三子者之撰。」子曰：「何傷乎？
亦各言其志也。」曰：「莫春者，春服既成。冠者五六人，童
子六七人，浴乎沂，風乎舞雩，詠而歸。」夫子喟然歎曰：「吾
與點也！」[1]

前情提要

子路，名由，長於軍事。
曾皙，名點。曾子（曾參）的父親。
冉有，名求，長於政治。
公西華，別名公西赤，長於外交。

課前預習

1. 請標示出下列句子的語法點。

　(1)以吾一日長乎爾，毋吾以也。居則曰：「不吾知也！」如或知爾，則何以哉？

　(2)莫春者，春服既成。冠者五六人，童子六七人，浴乎沂，風乎舞雩，詠而歸。

2. 請指出下列句子中的題旨，如不在句內，請補上。

　(1)由也為之，比及三年，可使有勇，且知方也。

　(2)異乎三子者之撰。

3. 子路、曾皙、冉有、公西華分別有何志向？

詞語表

文言詞	讀音	詞義解釋	現代關聯詞語
1. 侍	shì	陪侍，卑者陪伴在尊者身邊。	侍奉、服侍
2. 以	yǐ	以為。	
3. 長	zhǎng	年長。	年長、長輩
4. 爾	ěr	你、你們。	爾虞我詐
5. 毋	wú	勿、不要。	稍安毋躁
6. 吾	wú	我。	吾輩
7. 居	jū	平日、平常。	
8. 則	zé	就。	
9. 曰	yuē	說。	
10. 如₁	rú	如果。	如果、假如
11. 或	huò	有人。	
12. 率爾	shuài ěr	輕率的樣子。	
13. 對	duì	回答。	應對、對答
14. 乘	shèng	古代一車四馬為「一乘」。	
15. 攝	shè	夾處。	
16. 加	jiā	施加。	施加
17. 師旅	shī lǚ	古代軍隊的單位，五百人為旅，五旅一師。後指軍隊。	軍旅、出師不利
18. 因	yīn	接連。	
19. 饑饉	jī jǐn	饑荒。穀類不熟為「饑」，蔬菜不熟為「饉」。	
20. 為	wéi	做、治理。	
21. 比及	bì jí	等到。	
22. 使	shǐ	讓、以致於。	促使
23. 勇	yǒng	勇氣。	勇氣、勇敢
24. 且	qiě	並且、而且。	並且、而且
25. 方₁	fāng	大道理。	
26. 夫子	fū zǐ	古代對老師的尊稱。此處指孔子。	
27. 哂	shěn	微笑。	
28. 何如	hé rú	如何。	

文言詞	讀音	詞義解釋	現代關聯詞語
29. 方₂	fāng	古代的土地面積計算方式。方六七十為邊長六十到七十里的土地。	
30. 如₂	rú	或者。	
31. 足	zú	富足。	富足、豐衣足食
32. 如₃	rú	至於。	
33. 其	qí	那、那些。	順其自然
34. 俟	sì	等待。	
35. 非	fēi	不。	非凡
36. 宗廟之事	zōng miào zhī shì	諸侯的祭祀活動。	
37. 會同	huì tóng	諸侯相見會。	
38. 端	duān	玄端，古代禮服。	
39. 章甫	zhāng fǔ	古代禮帽。	
40. 相	xiàng	贊禮者。	儐相、宰相
41. 鼓	gǔ	彈奏。	
42. 瑟	sè	樂器。	琴瑟和鳴
43. 希	xī	通「稀」。少、不多。此指彈瑟的速度變慢。	
44. 鏗爾	kēng ěr	鏗：擬聲詞。指「鏗」地（彈奏琴瑟的最後一個音）。	
45. 舍	shě	通「捨」。捨去。	捨棄、取捨
46. 作	zuò	站起來。	
47. 異	yì	不同。	差異、異同
48. 子	zǐ	古代對男子的尊稱。	
49. 撰	zhuàn	撰述、陳述。	撰寫
50. 傷	shāng	妨礙。	無傷大雅
51. 亦	yì	也。	亦然
52. 言	yán	說。	言說
53. 志	zhì	志向。	志向
54. 莫春	mù chūn	暮春，指三月。	暮春
55. 既	jì	已經。	既然
56. 成	chéng	定、完成。	完成、成為

文言詞	讀音	詞義解釋	現代關聯詞語
57. 冠者	guàn zhě	冠：帽子。古代男子二十歲舉行冠禮，束髮、加帽，以示成年。此指成年人。	
58. 童子	tóng zǐ	兒童。	
56. 浴	yù	洗澡。	沐浴、浴室
60. 沂	yí	沂河。	
61. 舞雩	wǔ yú	古代以舞蹈祈雨的儀式。此處指「舞雩壇」，為祭天求雨之處。	
62. 詠	yǒng	歌唱。	歌詠
63. 喟	kuì	嘆息。	喟嘆
64. 歎	tàn	感嘆。	感歎、讚歎
65. 與	yǔ	贊同。	

語法點

1. 介詞「乎」：功能相當於介詞「於」。

(1)穆行之意，人知之不為勸，人不知不為沮，行無高乎此矣。（《呂氏春秋・仲冬紀・至忠》）

(2)楚人生乎楚、長乎楚而楚言，不知其所受之。（《呂氏春秋・孟夏紀・用眾》）

(3)孝子之至，莫大乎尊親；尊親之至，莫大乎以天下養。（《孟子・萬章上》）

(4)惡不仁者，其為仁矣，不使不仁者加乎其身。（《論語・里仁》）

(5)或問乎曾西曰：「吾子與子路孰賢？」（《孟子・公孫丑上》）

2. 何以：詢問原因。

(1)大車無輗，小車無軏，其何以行之哉？（《論語・為政》）

(2)子曰：「何以報德？以直報怨，以德報德。」（《論語・憲問》）

(3)孟子對曰：「王何必曰利？亦有仁義而已矣。王曰『何以利吾國』？大夫曰『何以利吾家』？士庶人曰『何以利吾身』？」（《孟子・梁惠王上》）

(4) 夫士也，亦無王命而私受之於子，則可乎？何以異於是？（《孟子‧公孫丑下》）

(5) 門人問曰：「夫子何以知其將見殺？」（《孟子‧盡心下》）

3. 「可」：表示可能性。

(1) 有子曰：「信近於義，言可復也；恭近於禮，遠恥辱也；因不失其親，亦可宗也。」（《論語‧學而》）

(2) 子曰：「溫故而知新，可以為師矣。」（《論語‧為政》）

(3) 子曰：「父在，觀其志；父沒，觀其行；三年無改於父之道，可謂孝矣。」（《論語‧學而》）

(4) 孟子曰：「有伊尹之志，則可；無伊尹之志，則篡也。」（《孟子‧盡心上》）

(5) 敵至而求無危削，不滅亡，不可得也。（《荀子‧君道》）

4. 句末「焉」：具有指代功能的句末成分。

(1) 心不在焉，視而不見，聽而不聞，食而不知其味。（《禮記‧大學》）

(2) 曰：「恭、寬、信、敏、惠。恭則不侮，寬則得眾，信則人任焉，敏則有功，惠則足以使人。」（《論語‧陽貨》）

(3) 子曰：「眾惡之，必察焉；眾好之，必察焉。」（《論語‧衛靈公》）

(4) 曰：「狗猛則酒何故而不售？」曰：「人畏焉。」（《韓非子‧外儲說右上》）

(5) 文王之囿方七十里，芻蕘者往焉，雉兔者往焉，與民同之。（《孟子‧梁惠王下》）

課後測驗

1. 下列哪些選項中的「比」與本課「比及三年」的「比」發音相同？
   (1) 使小國事大國，大國比小國。（《周禮‧夏官司馬》）
   (2) 君子周而不比，小人比而不周。（《論語‧為政》）
   (3) 食之，比門下之客。（《戰國策‧齊策》）
   (4) 背而走，比至其家，失氣而死。豈不哀哉！（《荀子‧解蔽》）

(5)寡人恥之，願比死者一洒之，如之何則可？（《孟子・梁惠王上》）

2. 下列哪些選項中的「如」與本課「方六七十，如五六十」中的「如」意思相同？

(1)如知其非義，斯速已矣，何待來年。（《孟子・滕文公下》）

(2)如或知爾，則何以哉？（《論語・先進》）

(3)善哉！信如君不君，臣不臣，父不父，子不子，雖有粟，吾得而食諸？
（《論語・顏淵》）

(4)予秦地如毋予，孰吉？（《史記・平原君虞卿列傳》）

(5)有鳥焉，其狀如烏，文首、白喙、赤足，名曰精衛，其鳴自詨。（《山海經・
北山經》）

3. 請辨別下列句子中「乎」的功能。

(1)夫子之求之也，其諸異乎人之求之與？（《論語・學而》）

(2)孝子之至，莫大乎尊親；尊親之至，莫大乎以天下養。（《孟子・萬章上》）

(3)盈科而後進，放乎四海，有本者如是，是之取爾。（《孟子・離婁下》）

(4)依乎天理，批大郤，導大窾，因其固然。（《莊子・養生主》）

(5)今也農夫之所以蚤出暮入，強乎耕稼樹藝，多聚叔粟，而不敢怠倦者，何
也？（《墨子・非命下》）

4. 請根據課文試著描述子路、曾皙、冉有、公西華的性格。

5. 請將下列句子翻譯成現代語體文。

(1)子曰：「以吾一日長乎爾，毋吾以也。居則曰：『不吾知也！』如或知爾，
則何以哉？」

(2)千乘之國，攝乎大國之間，加之以師旅，因之以饑饉，由也為之，比及三年，可使有勇，且知方也。

(3)方六七十，如五六十，求也為之，比及三年，可使足民。

(4)非曰能之，願學焉。宗廟之事，如會同，端章甫，願為小相焉。

(5)莫春者，春服既成。冠者五六人，童子六七人，浴乎沂，風乎舞雩，詠而歸。

6. 請將下列句子翻譯成現代語體文。

(1)其子厚與州吁游，禁之，不可。（《左傳·隱公三年》）

(2)公曰：「吾知其所由來矣，姑少待我。」對曰：「朝不及夕，何以待君？」
　　（《左傳·僖公七年》）

文化引導

在《論語·先進》中，孔子引導弟子說出心中志向；在《論語·公冶長》中，孔子亦因子路的反問而說出自己的志向。以下對話即出自《論語·公冶長》：

> 顏淵、季路侍。子曰：「盍各言爾志？」子路曰：「願車馬、衣輕裘，與朋友共。敝之而無憾。」顏淵曰：「願無伐善，無施勞。」子路曰：「願聞子之志。」子曰：「老者安之，朋友信之，少者懷之。」

顏淵和季路在孔子身邊侍奉。孔子說：「何不各說說你們的志向呢？」子路說：「我願把自己的車子、馬匹及身上穿的皮衣與朋友共享。即使用壞了，也不會覺得可惜或怨恨。」顏淵說：「我願不誇耀自己的長處，也不誇大、張揚自己的功勞。」子路問孔子：「我們也想聽聽您的志向。」孔子說：「願能使老人生活安逸，使朋友之間互相信任，使年輕人受到關懷。」

1. 孔子、子路和顏淵的志向為何？你對他們的志向有何看法？
2. 子路在〈先進〉和〈公冶長〉中的表現有何共通處？
3. 孔子的志向與〈先進〉中曾皙的志向是否有共通處？請說明原因。
4. 請說說你個人的志向。
5. 請以一個詞概括你的志向。

---

1 出處：春秋《論語·先進》。

國家圖書館出版品預行編目（CIP）資料

華語文課程：基礎文言文/劉承慧主編. -- 初版. -- 新竹市：
國立清華大學出版社, 2022.11
256 面 ; 19×26 公分
ISBN 978-626-96325-2-7(平裝)

1.CST: 文言文 2.CST: 讀本

802.82   111016084

華語文課程：基礎文言文

主　　編：劉承慧
發 行 人：高為元
出 版 者：國立清華大學出版社
社　　長：巫勇賢
執行編輯：劉立葳
撰　　稿：王允煥、何靖萱、宋慈鴻、卓似柔、林廷真、施筠宣、
　　　　　胡昭儀、孫璿雅、鄭曉蓉、羅雨瑄（按姓氏筆畫排列）
校　　對：吳克毅、李泓、林廷真、胡昭儀（按姓氏筆畫排列）
封面設計：陳思辰
地　　址：300044 新竹市東區光復路二段 101 號
電　　話：(03)571-4337
傳　　真：(03)574-4691
網　　址：http://thup.site.nthu.edu.tw
電子信箱：thup@my.nthu.edu.tw
其他類型版本：無其他類型版本

展 售 處：水木書苑 (03)571-6800
http://www.nthubook.com.tw
五楠圖書用品股份有限公司 (04)2437-8010
http://www.wunanbooks.com.tw
國家書店松江門市 (02)2517-0207
http://www.govbooks.com.tw
出版日期：2022 年 11 月 初版
定　　價：平裝本新臺幣 650 元

ISBN 978-626-96325-2-7　　GPN 1011101503